COLLECTION SÉRIE NOIRE

Créée par Marcel Duhamel

*Parutions du mois*

2457. TARZAN MALADE
(HERVÉ PRUDON)

2458. OTTO
(PASCALE FONTENEAU)

2459. UN PAYS DE RÊVE
(NEWTON THORNBURG)

2460. LE CHIEN QUI VENDAIT DES CHAUSSURES
(GEORGE P. PELECANOS)

1396. EN PIÈCES DÉTACHÉES
(ED McBAIN)

HERVÉ PRUDON

# *Tarzan malade*

nrf

GALLIMARD

Ce roman a été publié initialement
aux Éditions des Autres en 1979.

*Première Partie*

# CHAPITRE PREMIER

La Morve alluma sa cinquante-deuxième cigarette de la journée. Il ne la trouva pas vraiment plus dégueulasse que la première. Les trente et une dents qu'il avait dans la bouche étaient vertes, et la trente-deuxième, perdue dans une rixe, retrouvée à quatre pattes dans la sciure, et depuis soigneusement conservée dans son porte-monnaie, celle-là était noire. Dans l'orifice disgracieux que son prélèvement brutal avait causé à sa denture, il collait un chewing-gum de marque américaine acheté dans les distributeurs automatiques du métro. Il en changeait chaque jour. Il avait calculé qu'à dix centimes la gomme, et même en escomptant une inévitable hausse des denrées importées, il faudrait bien dix à quinze mille jours, soit trente à quarante-cinq ans, pour égaler le prix d'une vraie dent en or. La Morve ne comptait pas durer encore trente ou quarante-cinq ans. Il traversait en dehors des clous, il pilotait son scooter les yeux fermés, il avait des bronches en papier carbone. Il ne mangeait que du couscous en boîte. Et soixante-dix pour cent des Français étaient favorables à la peine de mort. Il en faisait partie, à sa manière.

Le juke-box discotait un air de vacances, quelque chose comme *Chou-bi-dou-wa,* une merde. La rue dehors, elle palpitait, tout électrique, dans sa nuit de cuir noir clouté. Vautré sur la banquette du fond dans un rade du VI^e^, La Morve attendait, poulpe pâle.

Il ventousa son nez bukowskif contre l'aquarium glauque aux poissons cannibales. À travers l'algue, l'eau et le verre, il vit flotter le comptoir, les tables, les clients, tout le bar-tabac englouti difforme dans le bocal. Il visionna un petit consommateur tardif. L'anodin but sa bière d'un trait. Il s'épongea le front avec un Kleenex. Il n'avait pas d'yeux, pas d'oreilles. Son corps de poisson flou s'est dissous dans la nuit. Disparu aussi sec, scaphandrier malin. La Morve décolla son nez pour le tremper dans la bière. Il oublia le bocal.

Ses petites voisines lapaient goulûment leur lait-fraise. Elles gloussaient en pointant leurs moustaches roses dans sa direction. La Morve méprisait les culottes soyeuses, les soutiens-gorge accueillants et toute cette jeunesse frelatée qui fréquente les bars jusqu'à des minuits passés au lieu d'étudier les mathématiques ou la théologie. Lui, s'il avait pu se consacrer à l'étude, il ne serait pas là devant sa bière pilote. Il avait eu dix sur dix en calcul au certificat d'études et conservait toujours sur lui le précieux document. Il se souvenait encore de toutes ses prières et des souffrances de saint Jean Chrysostome que les Turcs persécutèrent. Mais la vie avait décidé. Tous les chemins ne mènent pas à Rome. Les gamines louchaient de plus en plus vers lui. Il grimaça. Il éructa bruyamment. Elles en tapèrent dans leurs mains. La plus effrontée (elle avait au moins seize ans et demi) lui fit même une œillade. La Morve détourna son regard. Les caleçons pleins des mateurs lui donnaient la nausée. Il ne bandait plus depuis l'âge de vingt-deux ans où, bourré comme un coing dans son village natal et la nuit la plus noire, il s'était accouplé par méprise et par-derrière avec l'aïeule de sa bien-aimée. Sa fiancée depuis lors était entrée au couvent. Et la mémé, jadis dévote et à présent septuagénaire, arpentait la lande en déclamant des vers de Paul Géraldy. Il s'était expatrié. Il ouvrit son cœur déraciné aux deux polissonnes et confia également sa carence glandulaire pour avoir la paix. Elles n'en crurent rien. Quelle modestie, nous n'en saurions convenir, et vos galants propos nous font rougir. Menteuses, c'était le lait-fraise qui barbouillait leurs joues. Il poursuivit, il avoua être un extra-terrestre (il dévoila ses dents vertes), il était venu dans sa soucoupe à café et s'évanouirait dans la fumée pestilentielle de ses cigarettes bon marché. Ses auditrices étaient ravies. Il fallut l'arrivée de Marquis pour les décramponner.

Elles s'envoyèrent des coups de coude dans les côtes, t'as vu, dis, t'as vu. Elles pâlirent de jalousie. La croupe de Marquis pouvait rivaliser sans honte avec celle des plus provocantes stars à vison d'Hollywood. Il sortait fourbu du Pinky Musette et venait se refaire une petite beauté dans les chiottes de son rade habituel. La Morve glissa sous sa chaise. Les petites ne purent le rattraper. Elles crurent qu'il avait fait tomber sa cigarette. Marquis descendit aux toilettes, elles étaient mixtes, ça lui évitait des problèmes de conscience. La Morve émergea. Il ne tenait pas à rencontrer Marquis. Il avait naguère berné le flippé en lui échangeant deux sachets de lessive contre un de morphe. Il aurait dû se douter que le pédoque viendrait traîner ses fesses ici ce soir. Il ne voulait pas d'histoires. Il se réfugia auprès des gosses.

— Vous vous appelez comment ?

— C'est Laure, elle, fit la plus hardie.

C'étaient effectivement une petite et une grosse. Elles se mirent à narrer leur petite vie, les surprises-parties, les banquettes des voitures, les garçons de leur âge à qui il faut presser les boutons et tout qui part avant qu'ils aient rentré leur machin et tout ça pas juste. La Morve n'écoutait plus. Il avait écrasé sa cigarette dans le cendrier Martini et la fille aux jodhpurs se tenait près de l'entrée, Pierrot ne s'était pas trompé, elle était bien venue. Elle était coiffée d'un fez qui lui cachait la moitié du visage. Elle était nu-pieds dans des sandales indiennes. Entre ses deux seins plats passait la courroie d'un magnétophone portatif qui lui battait le flanc.

Elle descendit aux gogues.

Les petites s'approuvèrent de ne plus coucher qu'avec des plus de trente ans. Elles se tournèrent vers La Morve pour avoir sur la question un avis de spécialiste. Il n'était plus là. À sa place flottaient des lambeaux d'un nuage de fumée dégoûtante.

— C'était un vrai extra-terrestre !...

Marquis en était sûr, il n'avait pas rêvé. Il avait les yeux rouges, bien sûr. Il avait dû boire les douze gin-fizz que le garçon du Pinky lui avait offerts dans l'espoir fou de le séduire (mais pas question de mordre l'oreiller de Georges, avec le battant de cloche qu'il trimbale), bien sûr il était le plus branque des homos du VI$^{e}$, mais il avait bien vu de ses yeux vu. C'était pas une apparition. Marquis n'était pas Bernadette. Il avait vu la fille aux jodhpurs. Mais qu'était-elle ? Était-elle il ? Sans doute, oui. Une femme organique n'est pas si belle. Ne rejette pas ainsi son fez en arrière d'un tel mouvement mécanique. N'a pas des traits aussi durs sous le maquillage, des lèvres aussi noires. Une femme ne porterait pas ces jodhpurs dont Marquis rêvait depuis si longtemps, presque deux semaines, j'en trouverai jamais de tels, même aux Puces de Vanves, même à Portobello.

Il suivait les jodhpurs qui descendaient vers la Seine par la rue Bonaparte. Il peinait sur ses escarpins. Il écarquillait les yeux et les jodhpurs devenaient minces et futiles comme un blue-jean de loubard. Il plissait les yeux et les jodhpurs devenaient importants, gonflés d'orgueil et de maints trésors convexes. Il pressait le pas pour ne pas les perdre.

Les rades fermaient. Quelques touristes dans les rues, très peu. Ce bruit derrière, il se retourna. Ses yeux ne voyaient pas assez, ils imaginaient trop. Ils crurent voir La Morve, Morvan, le débile bretonnant, le pervers. Qu'est-ce qu'il aurait fait là, à cette heure ? Prendre le frais ce soir de juin, si doux, si calme ?... M'échanger des détergents contre de la morphe ?... Qu'il la garde, sa lessive, qu'il s'en débarbouille ses petites fripées, ses raisins de Smyrne... qu'il en crève, la salope !... Il a dû se nourrir de couscous en boîte pendant trois mois avec le bénéfice, maquereau, malfaiteur, daubeur putride !... Les jodhpurs plus importants, où ça ? Là ! Devant... Ils ont tourné. Marquis pressa un peu plus le pas, au risque de trébucher sur ses talons trop hauts, pis ! au risque de craquer ses pantalons moulants.

Il les revit sur le quai, ils flottaient, la brise d'été... Il dépassa un couple d'amoureux attardés qui s'embrassaient à bouche que veux-tu sur le parapet, des hétéros, des éthérés, des érotisés... Il passa outre, il passa le pont du Carrousel, il vit l'ombre du Louvre. Les filatures nocturnes de Marquis faisaient sourire La Joconde derrière ses vieux murs. Marquis ne voyait plus les jodhpurs, plus rien. Il entendit *Chou-bi-dou-wa...* Il suivit en rythme. C'était sans doute le magnéto. Comme un appel, une invitation à la danse.

Rue de Rivoli, quelques voitures encore pour les Champs, pour le Bois, les derniers plaisirs. Il arriva sous les arcades du Palais-Royal. « Toutes les jeunes filles sont-à-mari-er »... L'objet de sa convoitise était assis au bord d'un des deux bassins carrés. Tête rejetée en arrière. La bouche souriait. Marquis se cacha sous une voûte, il n'aurait pas dû, il aurait dû oser approcher, il n'était pas timide mais il n'osait, il différait. Il avait des fesses troublantes, une voix douce et mélodieuse nonobstant un léger zézaiement, ils auraient pu faire ami-ami. Mais il voulait rester encore en deçà des lumières qui éclairaient le bassin comme une petite féerie pour lui seul.

Lui seul ?... C'était l'heure où les lions vont boire... Il ouvrit des yeux très grands, il se mordit la lèvre et ses cris s'étranglèrent dans sa gorge. L'eau du bassin ruisselait dans son dos. La Joconde ne souriait sans doute plus. Marquis se cacha les yeux, il resta ainsi prostré quelque temps.

Il avança ensuite sur des jambes en coton. Les sandales et les jodhpurs étaient au sec. La moitié supérieure du corps était immergée. Le magnéto par terre invitait one more time, *Chou-bi-dou-wa.*

Marquis dégueula ses derniers gin-fizz. Le corps était long, fin et ossu. L'eau du bassin était rouge. Le fez avait été arraché, mais aussi le cuir chevelu, découpé. Le crâne n'était plus qu'une sphère rouge où le sang dessinait des pays étranges. Une bouche obscène souriait sous la gorge ouverte d'une oreille à l'autre. Des volutes d'une fumée dégueulasse traînaient encore au-dessus du bassin.

Marquis fut secoué d'un tremblement convulsif suivi d'un fou rire. Il ne voulait pas regarder la tête. Il balança les sandales dans l'eau et entreprit de récupérer les pantalons. La morte (il vit qu'il s'était trompé quant au sexe de la jeune personne) ne saurait lui en vouloir. Il enfila les jodhpurs par-dessus ses pantalons, ils étaient faits pour lui. Il se mit à rire frénétiquement et ramassa le magnéto.

Gravement il se tut pour regarder une dernière fois la morte. Il soupira, tourna les talons et tortilla jusqu'à Rivoli.

## CHAPITRE DEUXIÈME

— Couvre-toi mieux, Jean-Claude ! Avec cette chaleur !... Justement, il suffit d'un courant d'air... On dirait que tu es inconscient, tu veux attraper du mal, n'oublie pas qu'on va chez maman dimanche. Et puis regarde ! tu as encore du chocolat au coin des lèvres ! On se demande des fois comment ta mère t'a élevé !...

Pauvre Ramier. Juliette a mouillé un angle de son mouchoir avec sa salive et t'a débarbouillé le visage. Tu as souri pauvrement. Tu as agité la main en entrant dans l'ascenseur, à ce soir mon amour. Paradoxalement, c'était en entrant dans cette cabine que tu vivais chaque jour ton plus intense moment de liberté. Une fois seul, tu t'es essuyé les lèvres en faisant la grimace. Cette grimace de dégoût, tu l'as prolongée par des singeries plus ou moins obscènes à l'intention de personne en particulier, mais la susceptibilité de Juliette y aurait sans nul doute pris quelque déplaisir. Dans le hall, tu as baissé la tête pour passer devant la loge de la gardienne. Tu ne t'es pas regardé dans la glace. Tu n'as pas non plus regardé les passants ni les passantes dans la rue. Tu sentais qu'il faisait chaud, mais tu n'avais osé l'affirmer à

Juliette que parce que les agriculteurs mécontents à la télé et les rares personnes avec lesquelles tu échangeais quelques mots te l'avaient fait comprendre. De plus tu savais qu'en hiver tes souliers sur lesquels tu gardais obstinément les yeux fixés étaient crottés et que la fine pellicule de poussière qui venait les recouvrir ensuite signifiait le retour des beaux jours.

Comme chaque jour, tu t'es crispé. Tu t'es demandé si tu te débarrasserais de la ferraille qui te gonflait les poches (et provoquait les foudres de Juliette) en achetant *Le Matin* au kiosque à journaux, ou si tu la conserverais lâchement pour ne pas encourir le risque de te faire tancer par le marchand de journaux qui n'en a rien à foutre, merde à la fin, des pièces de cinq et dix centimes. Cette fois tu as serré ton poing dans ta poche et tu t'es approché du kiosque d'un pas ferme. Tu as arraché brutalement *Le Matin* du présentoir et tu as sorti ton poing de la poche de ta veste. Tu avais préparé la somme, pas si fou. Tu l'as déposée sans rien dire dans la soucoupe et tu t'es éclipsé prestement. Le tour était joué. Enfin, il vaudrait quand même mieux les jours suivants acheter le journal ailleurs. Qu'importe ! les kiosques ne manquent pas, à Paris.

Tu es descendu dans le métro. Les affiches ne s'adressaient pas à toi. Parfois tu avais un sourire pour un enfant qui brandit du PQ ou une fillette qui savoure son Banania. Alors tu pensais à ton petit Colin, ou à tes élèves. Mais les lascives qui vantent les produits solaires ou les maillots deux-pièces ne te rappelaient en rien Juliette. Rien ne te rappelait Juliette sinon ta ferraille en poche et un vieux goût de salive séchée au coin des lèvres.

Tu as arpenté le quai. Tu semblais étudier de très près le parallélisme des rails. Tu vérifiais aussi de temps en temps le pli de ton pantalon de tergal beige. Juliette en avait salopé l'ourlet. Tu es monté en première classe. C'était un luxe que tu te permettais avec l'approbation de Juliette qui dit que le métro est sale et dangereux, surtout sur certaines lignes comme Dauphine-Nation où les usagers changent si étonnamment de couleur de Villiers à Chapelle. Et puis merde, c'est bien Juliette qui avait décidé de garder la R5 pour faire les courses, elle avait rien à dire, c'est vrai à la fin.

Tu as sorti de la poche intérieure de ta veste ton stylo quatre couleurs plaqué argent offert par Juliette à l'occasion de votre neuvième anniversaire de mariage et qui tombe tout le temps en panne. Tu as entrepris les mots croisés. Ça ne t'a pas distrait, cet entrefilet de sang en troisième page annonçant un crime sadique particulièrement atroce — la victime avait été scalpée — dans les jardins du Palais-Royal. Tu ne mettais jamais les pieds au Palais-Royal, surtout la nuit, et les crimes et les sadiques ne te concernaient pas. La mort violente était une affaire de voyous et de couche-tard, parfois plus malencontreusement de chauffards. Pour toi, la mort n'était que l'échéance d'un bail, la fin d'un contrat plus ou moins intéressant. Il n'avait jamais été question pour toi de rupture de contrat. Tu étais heureux, n'est-ce pas ?

Les contrôleurs envahirent le wagon et tu as préparé ton ticket. Tu l'as glissé entre ta montre et ton poignet. Tu avais encore le temps de remplir quelques cases avant qu'ils ne viennent jusqu'à toi. Et ils furent retardés.

Et tu butais sur une définition en six lettres.

« Écrit en caractères qu'on ne saurait déchiffrer. »

Tu as entendu des hurlements derrière toi, tu t'es retourné et tu as trouvé le mot. Destin.

— Qu’est-ce qui se passe ?

— J’en sais pas plus que vous, ça doit être une folle...

— Moi j’ai vu, j’ai vu ! Ils lui ont demandé son ticket... Elle s’est mise à hurler... Ils avaient pourtant été très corrects...

— Ça doit être une folle...

Tu ne l’oublieras pas, cette image. Elle était allongée par terre, elle se roulait, se cambrait, elle hurlait comme une possédée. Les contrôleurs ne savaient que dire, ils restaient autour d’elle, les bras ballants, et vous aussi, les usagers, à supputer les raisons d’une telle inconduite. Et puis le métro est entré à la station Pigalle, la fille s’est redressée sur les coudes, des gens sont sortis, la fille a fait un bond et on l’a vue dehors qui courait. Les contrôleurs ont haussé les épaules et tu as vu le sac, par terre, tu l’as ramassé et tu as couru derrière la fille, Mademoiselle, votre sac... C’était idiot. Tu as monté les marches quatre à quatre, tu t’es retrouvé dehors, sur le trottoir, avec le sac. À Pigalle, c’est pas forcément mauvais genre, tu t’en foutais. Tu as vu la fille contre un arbre, elle sanglotait.

Tu t’es approché d’elle et tu lui as tapoté l’épaule. Excusez-moi, votre sac... Elle ne s’est pas retournée et c’est alors que tu t’es senti dans la merde, tu as pensé à balancer le sac, ou juste le poser là, par terre, et reprendre ton métro, mais la fille s’est retournée. Elle avait des traits durs. Le maquillage outrancier avait dégouliné sur ses joues maigres. Ses lèvres étaient noires, elle t’a demandé, qu’est-ce que tu veux, pauvre con, et il y avait méprise, elle te prenait pour un dragueur matinal. Tu as levé le sac à la hauteur de ses yeux. Elle a regardé le sac comme si elle ne l'avait jamais vu. Mais c'est votre sac, mademoiselle, je l'ai ramassé dans le métro... Alors elle l'a pris dans ses bras comme un enfant perdu et elle s'est remise à pleurer. Tu lui as dit qu'il ne fallait pas. C'est fou comme tu sais parler aux femmes. C'était jamais rien qu'un baise-en-ville ordinaire mais ça avait l'air de lui tenir à cœur, ce sac, elle le pressait, le triturait, le griffait, et elle t'a confié que de toute façon elle allait se foutre en l'air. Tu as réalisé l'inconfort de ta situation, avec tous ces passants qui vous dévisageaient, tu lui as dit de venir prendre un petit quelque chose, à cette terrasse. Elle a haussé les épaules mais elle t'a suivi. Tu l'as prise par le bras comme une personne âgée mais tu as quand même regardé derrière toi encore que Juliette n'était sans doute pas place Pigalle à huit heures du matin.

Juliette aurait croisé une fille pareille dans la rue, elle aurait fait la moue, fi !... Toi, tu ne l'aurais pas vue, tu aurais vu tes souliers. Et merde aux souliers, merde à Juliette. Tu étais assis à une terrasse place Pigalle à huit heures et demie du matin et Albert Simon prévoyait une belle journée. Tu as regardé la fille du coin de l'œil et tu as soupiré intérieurement quelle histoire !

La fille ne disait rien. Elle avait sifflé cul sec deux calvas et en terrasse c'est le coup de barre. L'heure tournait. Il faudrait trouver une excuse pour le collège. Juliette malade ? Ou le petit Colin peut-être, c'est vrai qu'il est fragile, c'est ses glandes. La fille t'a regardé. Tu as tenté de sourire mais c'est pas ta spécialité. Tu caressais ton café-crème en tentant de soulever discrètement le ticket glissé sous la soucoupe pour évaluer les dégâts. Il y avait des cars de tourisme allemands garés sur la place, Grossreisen, Schwartzreisen, Adolphreisen, l'anschluss du cul. Pigalle, pour toi, ça n'avait longtemps été qu'une station de métro, une chanson de Georges Ulmer, un chancre vénérien sur le Paris culturel. Et ça n'était que ça, un théâtre vide, un parterre de fleurs sombres qui lèvent la tête et le client quand le soleil se couche.

Juliette n'aimerait pas Pigalle. Juliette. Elle ne comprendrait pas cette fille, comme une élève en retard, une qui n'a pas su sa leçon, qui n'a ni livres ni cahiers, et qui pleure en attendant la punition. Je voulais pas qu'elle pleure, Juliette... Non, ne rien dire à Juliette, elle reprocherait les calvas, on est pas assez riches...

— Je vous embête... Je devrais vous laisser, vous devez être marié, vous alliez travailler, je vais partir...

— Mais non, mais non, restez tranquille...

— De toute façon c'est plus la peine... la peine de rien... (elle poussa un petit rire forcé) mais j'y pense... vous voulez peut-être baiser ?

Le voisinage sans doute. Tu as baissé la tête. Tu as rougi. Tu as arraché le ticket sous la soucoupe et tu as entrepris de le mettre en pièces. Tu regardais obstinément dans le caniveau. Tu aurais voulu être dans ta salle de classe au moment où le participe passé d'un verbe transitif prend si joliment le genre et le nombre quand le complément d'objet direct lui est antéposé.

— Excusez-moi, je sais plus ce que je dis... Je ferais mieux de m'en aller...

— C'est une manie !...

— Non ! hurla-t-elle en se raidissant, la table bascula et le serveur accourut. Elle serrait les poings en sanglotant. Elle cherchait aussi à reprendre sa respiration. Tu ne savais que faire. Ses yeux affolés fixaient un coin de la rue. Elle était blême et elle t'a pris la main, elle a serré très fort et ça a été bizarre, le contact de cette main moite dans la tienne. Tu as gardé la main, comme un bien précieux que l'on t'avait confié. Tu as regardé la place, tu n'as pas vu cet homosexuel dandinant, tout en jodhpurs, qui descendait la rue Pigalle sous le regard narquois et désabusé d'une péripatéticienne blanchie sous le harnais et l'eau oxygénée.

Marquis devait être loin quand la crise se fut calmée. Alors elle n'a plus arrêté de parler, comme si les mots pouvaient être un rempart contre la peur et le dégoût de vivre. Elle se cognait contre toi en marchant vers Barbès. Tu te faisais l'effet d'être entré par erreur dans une salle de cinéma. Il te semblait à présent que cette fille n'avait plus besoin de toi. Si tu ne la quittais pas encore, c'était pour une autre raison, plus diffuse, toi peut-être, tu avais besoin d'elle.

Dans une salle ouverte sur le boulevard, machines à sexe, machines à sous, un type a mis cinq francs pour voir le cul d'une femme qu'il ne connaissait pas. Un autre secouait un flipper en l'insultant, salope, va gagner ton pain, pute. Lucinda — c'est ainsi qu'elle t'a dit s'appeler — montrait son cœur secoué à un inconnu dont les élèves se réjouissaient à cet instant d'avoir échappé à l'interro de grammaire.

Mon père était anglais, il est mort, mais tu t'en fous, hein ?... ça te dérange pas si je te tutoie... Il est mort, il était dans son bureau, à plat ventre sur la moquette, c'était grotesque, j'avais neuf ans, on aurait pu jouer au cheval, mais avant il y avait eu ce bruit, je veux dire, il avait du sang plein la bouche, il n'avait plus de bouche, il y avait son revolver pas loin de lui et ma mère a été très digne dans la douleur, elle a pleuré comme il faut, j'ai bu ses larmes, elles n'étaient pas salées, elles sentaient la lavande, le vétiver, elle les faisait couler du robinet, ses larmes... C'est à cause d'elle, c'était hier, je l'ai revue à la morgue... J'avais tellement oublié... Elle était dans un frigidaire, comme si c'était moi, avec mes vêtements, ils m'ont demandé de les reconnaître et la reconnaître elle aussi, pour l'identifier... Elle a mis mes vêtements pour mourir... on partageait tout tu comprends ?... On lui avait pris son pantalon, enfin, mon pantalon, c'est idiot... horrible... on l'avait mutilée, scalpée, elle n'avait pas d'ennemis... ça faisait juste trois mois qu'elle était en France... On s'était rencontrées en Inde, elle était anglaise... On lui a tranché la gorge, pas violée, je comprends pas... Elle faisait trop confiance... On m'a demandé si c'était elle, Janet Jenkins, et j'ai dit oui malgré la gorge et les cheveux c'était bien elle mais j'ai pensé non c'est moi là sous ce drap qu'on va mettre en boîte, l'enterrement de mon père c'était horrible, il y avait trop de fleurs, c'était au Palais-Royal, tu as dû lire tout ça dans les journaux, un simple fait divers n'est-ce pas, les fous en liberté, qu'est-ce qu'elle foutait au Palais-Royal ? Elle savait même pas que ça existait, elle m'avait dit qu'elle allait draguer sur les Champs, elle se sentait mal, elle voulait se faire un mec, elle était belle tu sais ? Je sais pas pourquoi je dis ça mais les flics me l'ont demandé, c'était si banal, si naturel, à part les cheveux, ça, ça leur a plu, c'était piquant, j'ai cru entendre ma mère, ne parle pas aux inconnus, les crouillats ils cachent des grands couteaux dans leur pantalon, ils ont toujours des loukoums en réserve pour vous séduire... c'était grotesque... c'était qu'une étrangère, qu'est-ce qu'elle faisait en France ? Avait-elle un emploi ? De quoi vivait-elle... Est-ce qu'elle putassait pas par hasard ?... Connards... Et quand même qu'est-ce qu'elle faisait dans une telle tenue seule à minuit passé si tard après l'extinction des programmes télé ?...

Elle ne t'a pas dit qu'elle avait vu les jodhpurs sur l'homosexuel, c'était pas sûr que ce fussent les siens, elle ne voulait pas savoir. Elle s'est tue en approchant de Barbès. Vous avez été absorbés par une armée de sacs en plastique vichy rose avec marqué Tati. Les femmes se ruaient dans le magasin. Tu t'es retrouvé au milieu des culottes. Deux bobonnes se disputaient le même soutien-gorge. Le métro gueulait au-dessus de vos têtes. Tu as pensé à ton pantalon beige, tu craignais pour le pli, à travers la poussière et la fumée les bagnoles faisaient des clins d'œil de feux stop. Un cinéma promettait des jouissances perverses. Un autre annonçait le retour de Kung-fu, la vengeance de Tarzan. Tarzan vengerait-il la gorge tranchée de Janet Machin ? Tu t'es retrouvé collé contre Lucinda, elle avait des omoplates saillantes, elle a soulevé ses cheveux noirs qui tombaient raides sur ses épaules, elle a dégagé sa nuque et tu as remarqué derrière l'oreille droite trois grains de beauté bien alignés comme des points de suspension... Tu as pensé que les embêtements ne faisaient que commencer et la fille s'est accrochée à toi. Elle ne t'a laissé partir au boulot que contre la promesse d'un rendez-vous, ne me laissez pas seule.

## CHAPITRE TROISIÈME

Imagine à présent une sorte de petit gymnase glacial en hiver et surchauffé l'été sous sa toiture de tôle ondulée.

À l'intérieur une cinquantaine de femmes et de jeunes filles. La plupart ont moins de trente ans. Certaines sont jolies, parfois coquettes. Mais elles ont beau le matin se maquiller et s'habiller pour suivre la mode, elles suivent surtout le chemin de l'usine sur leurs petites bécanes payées à tempérament.

Demande donc aux plus bavardes de te parler de Jacques Passoveur. Elles resteront un moment sans rien dire. Elles auront des yeux méfiants. Il faut les écouter parler entre elles.

— C'est un salaud !

— Dis pas ça... Ne parle pas comme ça de M. Passoveur, il pourrait t'entendre...

— Sans lui on n'aurait pas de travail...

— Pour ce qu'on est payé !

— Comme ailleurs...

— Passoveur il a fait venir la petite Arlette dans son bureau, rapport à la fauche, il lui a dit qu'il ne dirait rien si elle se montrait compréhensive !...

— J'y aurais peut-être été, compréhensive, moi, je trouve qu'il est plutôt bel homme...

— Ouais, boudin, mais toi t'aurais été lourdée aussi sec...

Et puis c'est la sirène d'une heure et elles retournent dans le gymnase.

Il faut les voir tripoter les entrejambes, ouvrir les braguettes, et pourtant on ne les voit pas sur les couvertures des revues porno, non, ni à Pigalle ni ailleurs. Personne ne les voit jamais, que leur mari, à qui elles donnent leur cul, leur député, à qui elles donnent leur voix, leur patron, à qui elles donnent leur temps. Elles vivent en Bretagne, celles-ci, et elles fabriquent des pantalons.

M. Passoveur ne passait plus aussi souvent qu'avant entre les machines. Avant, il avait toujours un mot pour chacune, enfin, pour les plus fraîches, les plus tendres. À présent, c'était surtout Lecoq, le contremaître, qui dirigeait l'affaire. M. Passoveur s'était découvert des ambitions politiques et nul doute qu'il ne s'y montrât brillant. Il avait la quarantaine sportive, il portait beau, il parlait bien, il connaissait beaucoup de gens et il était riche.

Jacques Passoveur avait fait un riche mariage d'amour en épousant la veuve d'un businessman anglais demeurant en France.

Passoveur stoppa sa Porsche devant l'usine. Il entendit avec plaisir les gravillons gémir sous les pneus. Il fit taire Georges Séguy qui argumentait dans l'autoradio. Passoveur craignait que le souffle démocratique du jovial délégué syndical n'usât plus vite la dynamo qu'une romance de Jean Sablon. Il vérifia dans le rétroviseur s'il avait toujours ce faux air de Paul Newman. Il serra les dents et s'éjecta du véhicule.

Il fit irruption dans le bureau de Lecoq. Ce dernier tenta de soulever poliment son gros cul qui collait au skaï. Passoveur l'arrêta d'un geste. Passoveur n'était pas formel. Il n'avait pas eu d'éducation bourgeoise.

— Reste assis. Tout va bien ? Merci. Tu notes tous les coups de fil et tu sais où me joindre. Je pars à Saint-Gildas jusqu'à la fin de la semaine, j'ai besoin d'un peu d'air, je sais on est jeudi, et alors ?... Pas de courrier ?

— Ça...

Lecoq désigna une pile de lettres que Passoveur tria d'un doigt dédaigneux. Le contremaître vit la pomme d'Adam de son vénéré patron effectuer un mouvement ascendant et ses sourcils se froncer. Passoveur mit deux lettres dans sa poche. Il rentra sa chemise dans son pantalon et sentit sous ses doigts son estomac trop mou. Paul Newman n'a pas le droit d'engraisser, il faudra faire dix pompes de plus le matin.

Il sortit sans un mot en claquant la porte.

Lecoq soupira, les auréoles sous ses bras de chemise avaient grandi.

Seul dans sa Porsche, Passoveur ouvrit celle des deux lettres qui avait été postée de Paris le lundi 12 juin à huit heures du matin.

Le même vieux bout de papier dans l'enveloppe, la même écriture faussement enfantine et maladroite.

« N° 2. Assassin. Tout le monde saura. À moins que tu déposes l'argent comme convenu dans N° 1. »

Hihihi... Les gravillons ricanèrent sous les pneus quand la Porsche démarra.

À la sortie de Pontchâteau, en franchissant un dos d'âne à cent trente à l'heure, Passoveur sentit naître une érection. Cette dernière se confirma dans la légère côte qui suivit où la Porsche atteignit le cent quatre-vingts. Passoveur dépassa alors une auto-stoppeuse dont il ne vit que la chevelure flamboyante. Il écrasa le frein. Il vit dans son rétroviseur la petite salope courir vers lui un gros sac à la main. Elle semblait toute jeunette. Les parents sont inconscients. Elle portait un jean trop large, ses cheveux flottaient, elle courait, elle souriait, elle transpirait. Elle avait déjà mille mercis à la bouche et était presque au niveau de la portière quand Passoveur passa la première et écrasa l'accélérateur. Il jubilait ce con et dut s'arrêter sur le bas-côté. Il déboutonna son pantalon et entreprit de se soulager seul dans sa voiture de luxe. Le saint Christophe suspendu à la clé de contact gigota deux trois minutes et Passoveur reprit la route plus calmement.

À midi Rodrigue avait liquidé le Comte et les élèves purent sortir, les tiens dans le nord de Paris, comme ceux du cours Sainte-Anne à Vannes. La petite Ludivine Passoveur fut surprise d'être convoquée chez le surveillant général, elle avait rien fait, M'dame. Son père l'y attendait.

— Eh bien, tu m'embrasses pas ?

Elle l'embrassa. Mais ça la faisait chier, à cause des autres.

— Je suis venu te chercher, on va à Saint-Gildas.

— À Saint-Gildas ? Mais y a cours, c't'aprèm...

— T'en fais pas, n'est-ce pas monsieur le surveillant général, que vous la trouvez pâlotte cette petite, un peu de grand air lui fera du bien...

— Mais..., se permit le surgé...

— Je vous fais un mot, me faites pas chier, c'est moi son père !

— Absolument, monsieur Passoveur, c'est vous qui savez mieux, admit le fonctionnaire qui passa par les quatre couleurs de son stylo à bille.

La petite Ludivine retourna chercher ses affaires en classe accompagnée de sa copine Sandrine et sortit de l'institution.

Derrière les vitres teintées de la Porsche, malgré la main paternelle qui lui ébouriffait gaiement les cheveux, la petite Passoveur était maussade. Dans la bulle de son chewing-gum on pouvait lire ses pensées, à savoir que les adultes en général et les parents en particulier sont des emmerdeurs et des vieux cons dont l'influence sur les enfants est des plus néfastes.

La voici, Ramier, cette femme dont te parlait Lucinda... Mais tu aurais pu inspecter les étagères, fouiller les tiroirs et les malles au grenier, tu n'aurais pas trouvé de photo ni de portrait d'Albert Koch, le premier mari de Geneviève Passoveur, non. Celui-ci avait la phobie du Kodak, c'était physique, une répulsion. Et Geneviève avait la phobie du souvenir. Elle avait trop d'années derrière elle. Surtout par rapport à son nouvel époux. Et Vannes n'est pas Paris. On n'y colmate pas aussi joliment les outrages du temps. Il y a le climat, la pluie, qui défait les visages, les permanentes, qui creuse des rigoles sur le front, sur les joues, qui s'infiltre dans l'âme comme une incorruptible clepsydre. Geneviève n'aimait décidément pas la Bretagne, elle y avait suivi son jeune, trop jeune et trop bel époux. Il allait rentrer sans la voir, sans l'embrasser. Il aurait encore sur son nez trop droit d'antisémite une odeur doucereuse de foutre juvénile et du rouge sur son col de chemise. Il dira c'est les crêpes à la confiture. La Bretagne est menteuse. Geneviève ne partageait avec ce pays que la dévotion. Elle avait retrouvé la foi à la mort d'Albert. Mais si Geneviève était dévote, elle n'avait jamais fait brûler de cierges pour le repos d'Albert. Il n'y a pas de chandelier à sept branches dans les églises. Albert se foutait de la Vierge Marie comme du petit Moïse. Albert qui déjà n'était pas chrétien était en plus un mauvais juif. À dix-sept ans il avait échangé la Thora contre un manuel d'économie. Il n'avait jamais cru qu'aux chiffres pas même magiques et aux qualités selon lui exceptionnelles de leur fille Lucinda. Les chiffres s'étaient effectivement allongés sur les billets de banque, mais Lucinda ne s'était allongée que dans les lits les plus souillés du Morbihan. Et aujourd'hui, Geneviève voulait faire cuire le pudding et le gefillte fisch [1] pour Lucinda. Depuis si

1. Il existe plusieurs écoles qui rivalisent dans l'art du gefillte fisch. Qui préfère la carpe et qui le colin. Esthera-Malka Rozenberg avait coutume et tradition de le préparer ainsi.

Pour six personnes. Un kilo de colin. Quelques gros oignons. Une carotte. Un œuf. Un peu d'huile. Farine, sel, sucre et poivre. Hacher le poisson. Ne point toutefois en faire une bouillie. Hacher les oignons. Mélanger. Saler. Goûter. Poivrer. Goûter. Casser un œuf. Bien mélanger. Goûter. Ajouter une cuillerée d'huile plus une cuillère à soupe de farine. Mélanger. Goûter. Sucrer-saler de nouveau afin d'établir le dosage satisfaisant. Goûter.

Dans un fait-tout, faire un lit d'oignons en lamelles où l'on déposera le poisson précédemment aggloméré en deux pains distincts. Ajouter une carotte épluchée coupée en petits morceaux. Couvrir avec de l'eau tiède. Faire cuire à feu doux trois ou quatre heures jusqu'à ce qu'il n'y ait plus d'eau mais une gélatine. Servir un ou deux jours plus tard, froid, le poisson sur un plat, la gélatine dans un bol. À consommer en hors-d'œuvre avec de la vodka bien frappée.

À vos fourneaux et bon appétit.

longtemps elle n'en avait plus fait. Jacques n'aimait pas la cuisine familiale, encore moins si elle était exotique. Et Lucinda était revenue en France, elle était à Paris et dans quel état mon Dieu elle était un si beau bébé. J'irai à la chapelle de ce petit village et le recteur me pardonnera tous mes péchés même celui de vieillesse qui me fait tant souffrir.

Dans quel état est-elle, a-t-elle assez d'argent, a-t-elle de quoi se nourrir, se laver, les gendarmes ne disent jamais rien.

Jacques a alors ouvert la porte et l'a embrassée sur le front, là où ça fait le plus mal. Il était trop jovial. Ludivine boudait.

— On part à Saint-Gildas, jusqu'à la fin de la semaine...

— À Saint-Gildas, mon Dieu ! mais je ne suis pas prête... et il pleut... et j'ai rendez-vous avec la manucure...

— On fera du feu, de la voile, merde à ta manucure, je te sucerai les doigts, viens vivre !

— Vivre ?... Oui, pourquoi pas... Lucinda est à Paris...

— Lucinda ?... Je t'ai déjà dit de ne pas prononcer ce nom devant moi.

— Jacques ! pleurnicha-t-elle, ma fille Lucinda...

— Tu n'as plus qu'une seule fille, Ludivine... Ludivine, va dans ta chambre... L'autre nous a fait assez de mal comme ça, tu l'as admis, tu le sais bien, alors ? Tu veux encore te torturer ?

— Jacques, je t'en supplie, elle a besoin de nous !

Jacques alla à la fenêtre. Des nuages bas menaçaient.

— Écoute Geneviève, une fois pour toutes, je parle

pour toi, pour Ludivine, pour ma carrière. Lucinda n'a jamais existé. Mets-toi ça dans la tête. Il y a peut-être une Lucinda à Paris, Istanbul ou Tombouctou, qu'elle y reste.

La pluie se mit à tomber. Geneviève, voyant là compatir le Ciel, n'en demanda pas plus aux humains, renforcée en elle-même dans sa dimension mystique. Elle enfila ses bottes en caoutchouc.

## CHAPITRE QUATRIÈME

Il ne pleuvait pas à Paris XVIII$^{e}$. Il n'y pleut jamais. Parfois il vous tombe sur la gueule une merde un peu noirâtre mais personne d'un tant soit peu compétent n'oserait soutenir que c'est de la pluie, non. C'est juste des substances aqueuses déversées par la fabrique de suicidés qui se trouve au-dessus. Mais là, le ciel était blanc, trop blanc, comme un drap accroché aux antennes télé.

Lucinda se réfugia dans un cinoche. Double programme pour le prix d'un. Il n'y avait qu'une demi-douzaine de spectateurs, mais en comptant les spermatozoïdes, la salle était pleine.

Le premier film était commencé. Kung-fu bondissait tellement que le cameraman n'arrivait jamais à le cadrer en entier. Lucinda ne savait pas exactement ce que les autres avaient bien pu lui faire, toujours est-il que la colère du justicier était terrible. Et comme Kung-fu n'était pas vilain garçon, elle lui aurait bien touché deux mots au sujet de Janet et du lourdingue qui se prenait pour un Peau-Rouge. Ils auraient traité l'affaire en fumant une pipe d'opium devant un jus de canne à sucre. Mais Kung-fu n'arrêtait pas de bouger et Lucinda était trop lasse. Elle s'assoupit. Quand elle se réveilla, c'était trop tard. Kung-fu embrassait une autre qu'elle mais qui avait peut-être aussi ses raisons et La Morve était assis derrière elle. Le film le faisait chier et il sculptait son chewing-gum en forme de molaire.

La lumière revint, elle fit plisser les yeux. Tout le monde ressembla à Kung-fu. Tout le monde s'observait du coin de l'œil, sauf La Morve qui calculait l'épaisseur et la résistance du fauteuil de Lucinda comparées à la longueur de son couteau finlandais et à la résistance de son biceps. La lumière s'éteignit pour laisser place aux jouissances perverses. Comme tous les hommes présents dans cette salle, La Morve avait sous la ceinture quelque chose de dur qu'il tenait à pleine main, mais il différait du reste des spectateurs en ce que c'était son couteau.

L'héroïne du film, une brave petite qui ne ménageait pas sa peine, avait déjà connu dix-huit orgasmes et Lucinda était encore en vie. Elle s'ennuyait. La monotonie ondulatoire de ce qui se passait sur l'écran lui donnait le mal de mer. Elle aurait bien sucé un esquimau, mais il n'y en avait pas dans cette salle et c'est un Noir qui vint s'asseoir à côté d'elle. Elle ne détacha pas son regard de l'écran. La Morve voyait les cheveux noirs de Lucinda dans la lumière du projecteur, il approcha sa main tout près des cheveux, et sans les toucher il suivit leur chute sur les épaules. Lucinda sentit quelque chose derrière elle et elle secoua la tête. Une longue mèche frôla la main de La Morve et ce contact le bouleversa au point de sortir avec une bobine aussi sinistre que celle projetée dans la salle. Lucinda ne le remarqua pas. Elle sentit une cuisse effleurer la sienne mais ne bougea pas. Elle chercha dans sa poche de jean et trouva un petit morceau de pâte noire enveloppé dans du papier d'alu. C'était tout ce qu'il lui restait de shit. Elle entreprit de le mastiquer sans prêter attention à la main qui lui caressait le genou. Elle n'avait plus mal au cœur et quand la main lui pressa l'entrejambe, elle ne dit rien car elle sentait bien qu'à l'autre bout de la main il y avait quelqu'un, une présence, et qu'elle était trop seule. Elle n'avait pas non plus envie de bouger. Elle était paumée, dans le noir, devant un film court et débile, avec sa main à elle à présent posée sur l'intimité de quelqu'un qu'elle ne connaissait pas et c'était bien ça l'idée qu'elle se faisait de la vie. L'homme lui proposa cinq sacs pour aller baiser à côté et elle lui dit merde. Elle se fit sans doute traiter de salope raciste mais ça n'avait pas d'importance parce qu'il était quatre heures et que le type du matin arrivait à quatre heures et demie à la gare du Nord.

Elle se souvenait de ta chevalière en or et d'une coupure (en te rasant ?) au coin des lèvres. Lucinda ne pouvait pas vérifier tous les annulaires gauches ni tous les coins de lèvres de la gare du Nord. Elle était quand même sûre de ne pas te manquer, même si tu avais été l'homme invisible. Elle se rongeait les ongles dans l'espoir dérisoire de faire apparaître l'endroit précis qu'elle avait oublié où toi-même, Ramier, dont elle avait oublié le nom et le visage, lui avais donné rendez-vous. Elle scrutait les visages. Et si tu avais perdu ta chevalière ?... Si une barbe de douze heures venait à présent recouvrir la petite coupure du matin ?... Un petit tracteur remorquant des wagonnets chargés de valises lui rappela le Jardin d'acclimation où son père l'emmenait jadis. Depuis le temps du jardin, elle ne s'était jamais acclimatée. Le petit tracteur faillit renverser un gros monsieur poussif ou pensif qui s'indigna qu'on ne l'ait point vu, les gens font pas attention et on s'étonne qu'il y ait des accidents ! Le gros monsieur se dirigea vers un stand à journaux et demanda *Minute*. Il bouscula La Morve qui faisait provision de cigarettes. La Morve s'adossa à côté du stand et décida qu'au troisième gros père qui demanderait *Minute*, il tuerait Lucinda. Il ne pouvait attendre indéfiniment. Il lui fallait un repère mathématique précis pour agir. Coudtrijk allait passer ce soir avec une liasse dans la poche ou des insultes à la bouche. La Morve ne voulait pas se faire insulter par ce pue-la-frite. C'était la première fois qu'il travaillait pour un Belge, il ne voulait pas que par son incompétence personnelle, la Bretagne et ses ancêtres rougissent devant un étranger. La plupart des gens achetaient *France-Soir* ou *Le Monde*. Certains se permettaient des panachages hasardeux ou saugrenus, *Le Pèlerin* et *Play-Boy*, ou *Le Figaro* et *Charlie-Hebdo*, comme s'ils mettaient du piment rouge dans leur purée de navets. Les haut-parleurs diffusaient l'*Adagio* d'Albinoni et parfois le signalement d'un gosse perdu. Lucinda trouvait l'*Adagio* moulard mais aurait tellement aimé qu'on diffusât son signalement à elle. Mais à partir d'un certain âge, on est perdu définitivement et un jeune homme bedonnant exigea *Minute*. Le jeune homme n'avait rien contre la si blanche Lucinda, il entendait même la protéger ainsi contre les enfants d'Ismaël et de la Goutte-d'Or. La Morve vérifia dans son sac en plastique des Galeries Lafayette s'il avait toujours ses cigarettes et son couteau. Il savait d'expérience que parmi la foule mouvante des grandes gares se dissimulent de peu scrupuleux pickpockets. Il était cinq heures moins vingt-cinq et l'omnibus Villiers-le-Bel/Paris-Nord entrait nonchalamment en gare chargé d'aisselles humides, de gorges sèches, de mots croisés trouvés et de temps perdu, d'attaché-cases bourrés et de têtes vidées.

Ce jeudi 15 juin, à cinq heures moins vingt-cinq, tu avais chaud et plus la moindre envie de revoir cette fille. Tu avais dû donner une explication au principal du collège à propos de ton retard ce matin. Tu avais baissé la tête et rougi en disant c'est le petit Colin il a la fièvre et tout le long de la journée tes collègues avaient pu voir comme tu te tracassais pour ton petit Colin. Et le fait est que tu avais pensé à cette Lucinda toute la sainte journée. Tu y avais tellement pensé à son nez droit, à ses sourires en coin, à ses cris hystériques et ses cuisses maigres, à ses cheveux noir corbeau que tu l'avais assez vue comme ça. Tu la reverrais cette nuit en rêve et Juliette ne se douterait de rien. Les voisins qu'on rencontre dans les rêves ne sont pas des cafteurs. Une contrôleuse t'a arraché ton ticket des mains et tu as marché droit vers les escaliers du métro. Tu as noté avec effarement que le pli de ton pantalon beige virait délibérément à droite et un gros hippie saisit *Minute* sur le présentoir et se barra sans payer. La Morve estomaqué hésita entre prévenir la marchande abusée ou le gros barbu qui n'avait pu que se tromper. Il laissa tomber et enregistra arbitrairement ce tiers larron dans ses calculs.

Tu avais descendu trois marches quand Lucinda t'aperçut.

La Morve ne savait pas pourquoi Lucinda s'était mise à courir. Il ne te connaissait pas. À l'âge où l'on te poussait aux études littéraires, on le poussait dans le dos en se foutant de sa gueule. Ni lui ni toi n'étiez alors convaincus que ces attentions fussent un jour bénéfiques. Vous n'en avez pas moins suivi, toi des études lénifiantes quoique couronnées de succès, lui la pente savonneuse. Vous deux avez eu maille à partir avec les inspecteurs, qu'ils fussent d'académie ou de police, mais si ta cote est montée grâce aux points de ceux-là, les poings de ceux-ci ont fait descendre trois côtes à La Morve. La Morve toussait depuis et il ne pouvait s'asseoir que dans des transatlantiques ou vautré comme un mal élevé. Il marchait légèrement plié en deux, à vingt mètres derrière Lucinda. Il vit la Lucinda te prendre le bras et il grimaça. Il n'aimait pas l'impondérable et tu étais l'impondérable.

— Tu m'as attendue, t'a demandé Lucinda.

Tu as balbutié et elle a eu l'air tellement contente de te voir que tu as souri. Tu t'es dit qu'elle était bien pimpante pour une presque suicidée du matin mais il y a des gens comme ça.

Vous avez descendu les escaliers du métro. Une femme sur deux ressemblait à Juliette et l'autre à Mme Chamirond, la gardienne. Ils n'en finissaient pas ces escaliers, tu ne reconnaissais pas ta station. Tu évoluais dans des profondeurs étranges aux côtés d'une sirène qui te soûlait d'histoires qui ne t'intéressaient pas. Les autres usagers t'observaient du coin de l'œil, ils devaient parler de toi entre eux, pour en rire sans doute. Tu as surveillé un peu le pli tournant de ton pantalon, tu t'es gratté discrètement le dos pour en arracher un éventuel tardif poisson d'avril, non, rien, ta cravate non plus n'était pas si ridicule, tu devais te faire des idées. Tu as remarqué une affiche, une plage déserte avec des cocotiers et tu as eu envie de remonter quatre à quatre les escaliers et de courir sans t'arrêter jusqu'aux cocotiers. Tu commençais à étouffer, trop de monde dans ce putain de métro. Lucinda parlait, parlait. Tu l'avais pourtant bien mise au courant de ta situation d'honnête père de famille, et tes obligations et les « chiffres et les lettres » à sept heures moins cinq. Elle s'en foutait. Elle t'a demandé à brûle-pourpoint si tu emmenais souvent tes gosses au Jardin d'acclimatation et tu as dit non, le parc Monceau est bien suffisant surtout que j'ai qu'un gosse et qu'il aime mieux regarder la télé, elle était déçue. Tu ne voulais pas parler de Colin, cette jeune personne n'avait rien d'une nurse, tu la trouvais trop maigre pour une vraie nourrice, le haut des cuisses surtout, les *between*, tu avais lu dans une revue spécialisée que cet écartement des cuisses à la hauteur du bassin prédisposait à des pénétrations profondes et des copulations diverses. Tu faisais mal la part de la curiosité et du désir dans cette attirance confuse que tu ressentais pour cette femme qui n'était pas la tienne. En pleine explication du *Loup et l'Agneau*, cet après-midi, tu t'étais retrouvé dans une chambre anonyme avec une Lucinda soumise et perverse, tu avais bu l'onde pure des yeux de Lucinda et La Morve n'était plus maintenant qu'à deux mètres de vous, il tenait son sac plastique roulé en boule comme si la poignée en était cassée.

La Morve passait sa langue sur son chewing-gum en regardant les cheveux de Lucinda. Il ferma les yeux et inspira longuement. Alors Lucinda a trébuché. Tu as dit attention ! et as avancé ton bras pour la soutenir, mais tu n'as pas pu. Il y a eu cette douleur, tu n'as pas crié, à peine émis une petite plainte. C'était comme un éclair, ton avant-bras t'a fait très mal, tu as vu le sang sur ton veston déchiré, tu as pensé à Juliette, merde je vais me faire engueuler, tu as vu ce passant qui te dévisageait et Lucinda a hurlé comme ce matin dans le métro, tu as voulu la faire taire et tu as vu l'autre homme, les yeux jaunes, les dents vertes, La Morve avait la bouche ouverte, il n'en revenait pas d'avoir encore manqué son coup, son couteau rouge sortait du sac plastique, c'était obscène, le couteau ne s'était pas planté dans le cou de la fille. Il a couru en bousculant les gens, il a sauté le tourniquet, ses trois côtes lui faisaient trop mal, sa sandale a heurté la barre d'aluminium et il s'est étalé. Un employé de la RATP lui a sauté dessus ; La Morve a récupéré son couteau et a frappé le type, au hasard dans la viande, Lucinda gueulait, l'employé s'est reculé, il a regardé son ventre, tout étonné, il m'a planté, il m'a planté qu'il disait, et il s'est évanoui. Les radios, les journaux ont d'abord dit qu'il était mort en héros, mais deux semaines après, l'employé convalescent bandait déjà pour l'infirmière, et trois semaines après, des voisins l'ont vu jouer au football dans son jardin. La Morve avait disparu. Tu t'en foutais. Tu as vu très clairement les cocotiers et la plage de sable blanc, mais le soleil était trop fort, tu n'avais jamais connu un tel soleil, tu allais toujours en vacances dans le Calvados, tu as pâli et Lucinda avait une drôle de tête, on t'a giflé, tu as pensé que c'était pas toi, pas ta faute, mais le scandale était sur toi, le sang sur ton veston, il y avait des gens tout autour, ils t'ont forcé à t'asseoir par terre, dans les mégots et les vieux tickets malgré ton pantalon beige dont Juliette avait raté la piqûre de l'ourlet, tu as ri à cause du pli qui tournait, tu as serré très fort la main de Lucinda, tu l'as vue à genoux près de toi, un jeune homme a dit bande de cons, il a dénoué son foulard et l'a serré sans douceur autour de ton bras, tu as dit ça me fait mal, arrêtez, mais Lucinda a dit c'est bien, reste tranquille et tu l'as regardée avec étonnement, pourquoi elle disait ça ? Tu transpirais beaucoup, ton pantalon n'était pas beau à voir et tu as pensé aux mannequins du Galfa Club, tu as souri et on t'a soulevé, tu as dit être assez grand pour marcher tout seul, mais Lucinda te tenait par un bras et le jeune homme au foulard par l'autre bras. En montant les escaliers, tu as parlé de devoirs à corriger mais ça n'intéressait personne.

En sortant du cabinet du médecin, rue de Dunkerque, Lucinda t'a emmené dans un café. Tu as bu deux Ricard secs. Il faisait chaud. Les gens passaient devant la terrasse en s'épongeant le front. Tu as refusé la cigarette américaine que t'a proposée Lucinda, merci je ne fume jamais. Il y avait deux Noirs assis à la terrasse et le barman a dit qu'avec le soleil ils allaient prendre des couleurs, c'est vrai, en France on aime bien rigoler, mais ça n'a pas eu l'air de plaire à Lucinda, ou alors c'était autre chose, elle s'est renfrognée, tu as cru qu'elle allait encore partir se suicider et ça t'a fait rire. Tu étais complètement vidé mais aussi un peu plein. Tu touchais ton pansement. Lucinda fixait avec des yeux méchants un gamin qui faisait du skate sur le trottoir d'en face.

— Je suis maudite, dit-elle.

— Mais non... tu as dit, tu ne pensais qu'à ta chemise, ton veston, ton pantalon, Juliette. Juliette...

Ça t'a fait rire. Ton rire agaçait Lucinda. Tu as fermé les paupières et tu as fait un tour de manège gratis, c'était les Ricard, excuse-moi, je ne bois jamais, qu'aux anniversaires, aux réunions syndicales... Tu souriais, heureux, béat.

Lucinda a haussé les épaules. Elle a recommencé à observer le plancheur à roulettes. Elle a dit plusieurs fois encore qu'elle était maudite.

— Ou bien c'est à moi qu'on en veut. Bien sûr, c'est moi qui suis visée. Janet avait mes vêtements, toi t'étais avec moi, c'est ça... Jean-Claude !

— Présent, as-tu répondu.

— Jean-Claude, arrête de rire, merde, Jean-Claude, dis-moi que tu les empêcheras de me faire du mal !...

Elle a tendu son bras par-dessus la table et elle a glissé sa main dans tes cheveux, derrière l'oreille. Ça te chatouillait un peu. Juliette ne te chatouillait jamais derrière l'oreille et c'était pourtant bien agréable alors tu as dit oui, je te protégerai, Lucinda avait été très dramatique, elle t'avait forcé la main.

— Tout ça, c'est peut-être le vieux pourri, cracha-t-elle, mais son regard accusait plutôt le petit skater.

— C'est sûrement le vieux pourri, as-tu renchéri d'autorité, les deux Ricard secs te disaient que cette fille avait raison, tu as répété le vieux pourri en vacillant sur ton fauteuil, tu as fermé les yeux et tu es reparti pour un tour de manège Ricard.

## CHAPITRE CINQUIÈME

Derrière il y avait la houle. Grise, énorme. L'imagination pouvait y établir des banquises, des zones glacées, peuplées de pingouins sinistres tels que nous en avons pu voir dans des livres, des journaux, aux informations. Et puis l'œil se fixait sur cette vague, la première, la plus grosse. Elle s'élevait, gonflait, lançait l'autre, la deuxième, qui poussait alors la troisième comme s'écroule un château de cartes, jusqu'à cette infime langue hésitante qui avançait, qui reculait, qui faisait danser les pieds nus de Ludivine sur le sable brun. Il y avait aussi divers produits de la société industrielle qui venaient s'échouer là, sur le rivage, absurdes à force d'inutilité.

Passoveur était resté sur la digue. Il n'appréciait pas le sable dans ses souliers. Il n'aimait pas non plus les ôter, ses souliers, ni ses socquettes. Il préférait conserver la double protection du cuir et du fil d'Écosse entre ses pieds et la réalité du sol. Il pouvait ainsi écraser les crabes morts et les herbes folles sans risquer de se blesser.

Geneviève était restée à la maison. Elle avait du travail. Un coup de chiffon sur les meubles, la pâte à crêpes, et puis un peu de tapisserie, l'artisanat n'est-ce pas vous rapproche des vraies valeurs.

Elle voulait surtout, Geneviève, se faire du mauvais sang pour Lucinda. Elle voulait la faire revivre dans son cœur de mère, retrouver des photos, des disques, des devoirs de classe, pourrait mieux faire, perturbe la classe, des vieilles cartes de bonne fête maman chérie. Geneviève aurait aimé avoir les yeux rouges pour se confesser demain au jeune abbé de Sarzeau.

Les mains dans les poches de son vieux Burberry, Passoveur jouissait du vent sur son visage, dans ses oreilles. Le vent savait siffler comme la sirène de l'usine, vrombir comme la Porsche lancée en *over-drive*. Passoveur aimait cette nature au diapason du siècle.

Ludivine remonta vers la digue. Elle ramassa un coquillage. Elle avait mouillé le bas de son jean dont l'ourlet n'avait pas été fixé parce qu'elle allait encore grandir.

Passoveur regardait cette future femme qui était sa fille et son regard semblait traverser les années.

— Pourquoi tu rentres tes cheveux dans ton bonnet ? C'est plus joli dehors, laisse-moi faire...

— Arrête !... J'en ai marre de ces cheveux, je voudrais les faire couper...

— Tu sais pas ce que tu dis... T'as vu ton pantalon ?... Tu vas te faire appeler Julie par ta mère...

— M'en fous, dit la gosse. Elle s'en foutait.

— En tout cas, dégueulasse pas les sièges de ma bagnole, on rentre... Et jette ça, ça pue ! ordonna le père en désignant le coquillage.

— C'est pas vrai, on entend la mer !

— Tu m'emmerdes avec la mer, fais voir (elle lui prêta le coquillage). C'est pas la mer, écoute... C'est le métro ! (il lui mit le coquillage contre l'oreille)... Dans ton coquillage il y a des centaines de cons qui se font chier ! et tu veux garder ça ! (Il balança le coquillage.)

— Paie-moi un Coca alors !

— D'accord, mais magne-toi le cul, Divine, il faut encore que je téléphone.

La Porsche disparut entre les maisons de granit. Les maisons tassées les unes contre les autres comme des paysannes courtaudes coiffées de noir semblaient parler de porte à porte, elles s'emportaient avec le vent, elles s'engueulaient avec l'orage, elles médisaient dans la grisaille des jours. Passoveur ignorait le langage des maisons, il serra la cuisse de sa fille, il aimait lui parler franchement, il ne voulait pas en faire une mollassonne. Il lui avait expliqué que c'étaient tous des cons, les profs, les ouvriers, sa mère et les chanteurs pop. Écoute ton père, pas les coquillages. Ludivine avait les genoux pointus. Ils écorchèrent la main de Passoveur.

La main de Passoveur avait saigné sur un autre genou, dans une autre voiture.

L'usine alors ne tournait pas aussi bien. Passoveur ne faisait pas encore de pompes le matin, il buvait trop le soir. Il ne bandait plus pour Geneviève. Il avait d'abord cherché ailleurs, chez les ouvrières, des petits coups tirés entre deux portes au rythme des machines à coudre, et puis en ville, Nantes, Vannes, il avait suivi sa queue dans tous les bars, toutes les boîtes de l'Armorique. Ça coûtait trop cher en essence et en pourboires. Il avait trouvé mieux.

Lucinda allait sur ses vingt ans. Elle s'était toujours montrée froide envers lui, bien sûr. Mais tout ce que la ville comptait d'un peu membré clamait qu'elle était chaude, dame oui, sacrée salope. Les notables ricanaient entre eux, mais ils pouvaient bien camoufler leur bedaine et changer de chemise tous les jours, pas un seul jamais n'est rentré chez lui avec un suçon de Lucinda sur sa nuque dégagée. Non. Lucinda préférait les miteux, les saisonniers, les traîne-misère. C'était son affaire. Passoveur n'avait pas encore d'ambition politique, la respectabilité n'était pas son fait. Et il ne s'était jamais montré paternel avec la fille de Geneviève. Il l'avait surprise à fumer dans les chiottes, il n'avait rien dit. Lucinda n'était pas sa fille. Il signait sans voir ses carnets de notes. Il la laissait lire des ouvrages défendus. Il était là quand elle avait eu ses premiers flamands roses, il avait couru à la pharmacie acheter ses tampons. Il avait surveillé la croissance de ses hanches, de ses petits seins, il avait dit oui pour les bas, pour les talons hauts. Il avait vu les canards dans la baignoire céder la place aux produits de beauté. Il était là quand elle avait rangé sa poupée borgne dans un coin du grenier. Mais jamais elle ne l'avait embrassé le soir, jamais elle ne l'avait appelé papa, elle disait mon vrai père il faisait ceci, cela, il était beau et fort, et elle a cessé de parler de son père, elle est rentrée tard le soir, elle n'est plus rentrée, Passoveur s'en foutait. Mais elle mettait des pantalons moulants, des bikinis troublants. Elle jouait la fille libre. Ils avaient des discussions. Geneviève était en dehors du coup, elle n'était pas là ce soir à Saint-Gildas où Lucinda s'est assise sur ses genoux. Ils étaient déchirés, il lui est passé brutalement sur le ventre. Et ça a recommencé, comme un jeu contre Geneviève. Lucinda est tombée enceinte et il lui a offert un beau voyage à Londres, Geneviève s'est réjouie qu'il se montrât si attentionné envers une fille qui n'était pas la sienne. Elle se réjouissait aussi de voir son capricieux époux s'assagir, rester à la maison, il s'embourgeoise pensait-elle.

Et puis il y a eu ce Philippe, Phil comme elle disait, il savait tout faire celui-là, il connaissait tout, il n'était pas comme les autres soi-disant. Et Geneviève qui trouvait ça normal. Elle l'acceptait à la maison, elle lui gardait sa serviette d'un repas sur l'autre. On ne voyait plus que lui, Phil, et il était trop débraillé quand il sortait de la chambre de Lucinda. Passoveur n'appréciait pas un tel débraillé. Il buvait encore un peu plus le soir, il engueulait les ouvrières, il les traitait de salopes, de feignantes, de pue-la-sueur, Lecoq chiait dans son froc à cause de ses colères. Et puis c'est toi Lucinda qui a voulu me défier. On était tous bien pleins, ce soir-là. C'est toi qui a voulu aller voir la mer à une heure du matin, ramasser les coquillages. C'est toi qui m'as mis les clés de la voiture dans la main. Tu savais que Geneviève resterait à la maison. C'est exprès que tu avais la robe verte que je t'avais offerte un après-midi, tous les deux à Vannes ? Il faisait chaud, tu t'es assise à côté de moi. À quoi pensais-tu quand tu as remonté ta robe jusqu'en haut des cuisses ? La chaleur ? Elles étaient si fines tes cuisses, même écrasées sur la banquette, elles se touchaient à peine, je voulais pas que le passager de derrière puisse s'introduire entre des cuisses aussi fines, je voulais qu'il comprenne, j'ai posé la main sur ton genou.

— Fais pas ça, beau-papa !...

Pourquoi tu as dit ça. Beau-papa, c'était idiot. Tu ne m'avais jamais appelé beau-papa. C'était pour me faire mal. Moi qui n'avais jamais désiré quelqu'un comme toi ce soir-là, tu t'en doutais. Ma main était moite, ta cuisse était douce, presque fraîche. L'autre il a ri. C'est ce que tu voulais. J'ai pas aimé son rire.

— Toi tu descends.

J'ai arrêté la voiture. Tu vois je lui voulais pas de mal. Je voulais juste qu'il s'en aille, qu'il nous laisse seuls. Il faisait beau. On aurait pu marcher sur la plage, faire l'amour. Je t'aurais ramassé des coquillages pour ta collection.

Et tu as ri, toi aussi. Viens, l'autre t'a dit viens, il est soûl, tu vois, c'est lui qui m'a insulté. Je lui ai dit d'aller réviser ses examens, tu m'as dit que vous aviez mieux à faire. Vous êtes sortis de ma voiture. La transpiration avait collé ta robe à ton corps, je voyais tes cuisses, tes hanches, j'ai juste voulu t'empêcher d'aller avec lui, c'était rien ce type, une frime, un petit con, c'est lui qui s'est interposé, vaillant Zorro ! Il était pas assez costaud, c'est pas ma faute mes muscles, tu sais pas qu'à vingt ans je déchargeais les bateaux sur les docks, tu t'en fous de ça, de ce que j'ai pu trimer pour en arriver là.

C'était trop con. Tu n'y croyais pas toi non plus. La douche froide. Il était allongé près de la voiture. Il avait à peine pu me toucher, il avait dû mal tomber, sur une pierre, le granit ne pardonne pas, sa tête était trop molle, pas bretonne. Alors tu as bien fait comme moi, tu lui as pris les bras pour le mettre dans la voiture, tu tremblais, tu ne disais rien, tu n'as rien dit quand j'ai pris la direction du Grand-Mont, tu n'as pas crié quand il s'est écrasé sur les rochers.

Pourquoi tu ne croirais plus qu'il a glissé ? Il était soûl, monsieur le commissaire, on n'a rien pu pour lui, c'est tellement horrible... J'ai eu tellement mal, ensuite, Lucinda, tu ne m'as plus jamais parlé, tout ce que tu faisais c'était contre moi. J'ai été obligé de te haïr, tu t'asseyais sur les genoux de Lecoq, tu dévergondais les ouvrières, tu baisais avec la racaille, tu me soutirais du fric, je pouvais pas refuser, c'était déjà du chantage, tu as fini par partir. C'était encore pire. Je dormais dans ta chambre, j'ai retrouvé la poupée borgne, et dans un coffret, ces cheveux que tu avais coupés, je les caressais, et j'ai repris le dessus. J'ai travaillé comme une bête, je t'ai oubliée. C'est Lecoq qui t'a vue il y a un mois à Paris, je voulais pas le croire, je voulais prendre le train, l'avion, te revoir tout de suite. Il ne fallait pas. Et puis cette lettre. Ça ne recommencera plus, tu n'existes plus, je te tiens comme ça.

— Tu me fais mal, papa !

Passoveur lâcha le genou de Ludivine, il regarda sa fille, sa fierté. Elle avait des joues roses, des cheveux blonds et bouclés. Elle réclama son Coca. Il dit oui ma Divine, on va s'arrêter.

Le café qu'ils choisirent était en réfection. La plupart des ouvriers était des travailleurs immigrés. À travers les vitres teintées de la Porsche, il n'y avait pas de différence entre ces ouvriers. La différence était les vitres teintées de la Porsche et Passoveur en était fier.

En sortant du café, Passoveur entra dans un magasin de jouets et acheta à Ludivine une poupée pour sa collection. Elle en avait trente-deux et elles avaient toutes des cheveux noirs.

# CHAPITRE SIXIÈME

Des ministres en boubous, des vice-consuls en babouches défilèrent devant les yeux verts de la jeune Lola Stern. Elle ne s'était pas assise dans l'un des fauteuils cossus du grand salon du Grand Hôtel des Grands Rois Nègres de l'avenue Bokassa Ier, Paris XVIe. Non. De même elle n'enviait pas les amples gandouras qui la frôlaient au passage. Elle était debout, perchée sur les talons aiguilles de ses escarpins dorés, moulée dans un petit jean délavé. Elle savait bien qu'on bandait pour son cul. C'est une chose qu'elle avait assimilée très tôt, la géométrie dans l'espace. Depuis et conséquemment, elle s'était mise à l'arithmétique, plus austère. Elle avait appris que l'âge du client est proportionnel au gain obtenu et inversement proportionnel à la dépense physique exigée. Elle s'était habituée aux vieux. À ma connaissance, elle n'a couché que quatre ou cinq fois avec des minets de son âge, seize ans. Et ça n'avait pas été un pied inoubliable. C'était gentil, sans plus. Les vieux aussi, c'est gentil. Ils ont toujours peur de pas y arriver, ils ont d'abord des mots doux, très papas gâteaux, après c'est le cirque, faut qu'ils se mettent en position adéquate, rapport aux douleurs rhumatismales, et ça tourne à l'apoplexie, aux grognements, aux rugissements, à l'insulte. Ils finissent la besogne ahanant comme des phoques au hammam, et il faut encore leur dire que c'est eux les meilleurs, les experts. Ils sont gentils. Ou alors ils ont leurs caprices, comme moi, mais moi, c'est pas pareil, je suis son chouchou, elle me cède tout, me fait ça gratis, je suis ce qu'elle a de plus cher, je sais, le plus cher n'est pas toujours le meilleur, mais son Virgile, demande-lui, c'est quelque chose. Je lui dis toujours que je la trouve trop vieille, il y a du vrai, elle défraîchit. Lola se retourna pour vérifier ses fesses dans la glace du grand salon et elle pensa Virgile est un philistin, ou un dépravé, d'accord, on a tous nos défauts. J'étais encore flic quand je l'ai connue, brigade des mœurs... De toute façon, c'était pas moi qu'elle attendait, c'était un Belge ordinaire qu'elle avait levé aux Champs, le micheton classique, le touriste béat. Il avait promis la galette. Mais là, parmi tous ces cosmopolites, elle aurait bien choisi cet intellectuel longiligne qui lisait *Le Monde* avec un crayon. Elle n'a jamais fait la chose avec un homme de couleur. Elle dit toujours homme de couleur comme d'autres disent Israélite parce qu'elle officie dans le XVI^e^, et que les Noirs et les juifs sont cantonnés sur les Grands Boulevards, et les nègres et les youpins du côté de Belleville. Dans le XVI^e^, le racisme se dit avec des fleurs. Le Belge ne venait pas. Elle a pensé au chocolat. Ou à moi. On est ses deux folies. C'était prévu qu'on aille ensemble faire du skate au Troca, on aurait mangé des glaces italiennes. Si j'étais pas déjà marié, elle m'épouserait, sûr. Elle est jalouse d'Edwige, elle l'appelle ma vioque, Edwige n'est pas si vieille, bien sûr elle pourrait être la mère de Lola, presque la mienne, mais ça ne compte pas. En fait, Lola est jalouse des chemises Lacoste et des baskets à double semelle aérée que me paie Edwige. Edwige a les moyens. Lola a encore beaucoup à faire pour avoir les moyens d'Edwige. Le Belge sortit des chiottes tout rouge en remontant sa braguette. Il transpirait, il n'avait pas la frite. Il tenait sous le bras un hebdomadaire annonçant que trois prostituées virulentes avaient violé un travesti repenti, le Belge compatissait-il avec les minorités opprimées ou avait-il d'autres raisons d'être en colère ? Lola ne pouvait pas savoir. Le Belge aperçut la petite pute en jean et avança vers elle. Lola ne voulait plus sucer les ballustines d'un Belge aussi rouge dans un hôtel d'Africains. Le Belge lui dit que c'était plus la peine et elle n'a pas compris. Il lui répéta de se casser, une fois, elle a protesté à cause du déplacement, alors il a fouillé dans sa poche, tiens, voilà septante francs, tu te paieras une nouvelle coiffure, un blue-jean plus propre, un Coca-Cola, casse-toi. Le Belge sortit sans un regard pour tous ces Noirs de sa jeunesse au Congo.

Lola remonta son jean de telle sorte qu'elle eût pu faire l'amour sans l'ôter. Elle se déhancha jusqu'au fin Nègre longiligne et pénétra entre les colonnes arides du *Monde*.

Hermann Coudtrijk n'avait plus le cœur aux fredaines. Il venait de se faire remonter les bretelles et voulait voir La Morve au plus tôt.

Posé sur une demi-fesse au bord de la banquette arrière du taxi, Hermann cherchait à se remémorer les injures qu'il venait d'essuyer pour les retransmettre intactes à La Morve, l'enfant de pute, le tueur en col marin.

Le *driver* voyait briller les yeux de son client dans le rétroviseur. Il n'avait pas peur. L'homme n'avait pas le teint basané du malfaiteur habituel. Et le fidèle Blackie faisait ses crocs sur le siège du passager dit du mort. Hermann se foutait de Blackie, il ruminait son affaire. Il la sentait mal, il l'avait toujours mal sentie. D'abord le commanditaire, il n'avait aucune confiance en lui, le feeling n'était pas passé et Hermann aimait avant toute chose l'osmose parfaite entre le demandeur et l'exécutant. Là, il se sentait le bras mal articulé d'un cerveau malade.

Et puis La Morve. Le tueur malodorant. Hermann ne supportait pas la crasse. Elle est le témoin d'une négligence qui affecte la personne entière. Il n'aimait pas les bas-fonds et pestait d'avoir été obligé d'engager cette enfouture de mes deux.

Il travaillait d'ordinaire avec deux Allemands et un nain apatride. Les deux Allemands, deux travailleurs sérieux bardés de références, officiaient hélas à l'heure même dans d'autres polars moins ringards. Et le nain, grincheux et vindicatif, uniquement voué aux manœuvres d'intimidation et aux besognes subalternes telles que la filature sur patins à roulettes, équipé d'un simple pistolet à eau, ayant sur une initiative personnelle et maléfique rempli ce dernier de vitriol, ceci dans le but ambitieux de gagner une promotion rapide, croupissait en cabane pour avoir aspergé un grand dadais à peine pubère de la part duquel il subodorait des remarques désobligeantes quant au nanisme dont il était affecté.

Le commanditaire doublait la mise si on lui faisait parvenir les cheveux de la victime. Pour Hermann, une mèche aurait suffi. Le Morve avait cru bien faire en jouant les Apaches, il voulait se faire mousser. La Morve était un malade, pourri de toutes parts, un tueur cacochyme au bout du rouleau. En plus, il salopait le travail, ses informations étaient mauvaises, il s'était gouré de victime. La gaffe. La boisson était directement en cause. La Morve avalait des litres de chouchen avant la tâche, il laissait rouiller ses couteaux, il bossait au noir, à côté, dans la mécanique, il ne se respectait pas lui-même. Plus un exécrable penchant aux bondieuseries, aux prophéties, aux maléfices, et à l'harissa. Il avait l'estomac perforé de l'intérieur. Il ne mangeait jamais de frites. Hermann avait raison de se méfier d'un Breton qui dénigre les pommes de terre et ne vérifie pas la date de fraîcheur sur les conserves. Trop de Bretons dans cette affaire. La péninsule armoricaine n'engendre que des hanches coxalgiques et des esprits tordus. Hermann avait palpé les deux briques de son client sans croire un mot des sornettes que l'autre avait pu lui narrer. Il avait hâte de voir la fille liquidée, il se foutait de savoir si c'était une pute, c'était pas une pute, pas assez de seins, pas assez de fesses ; tout à fait stockfisch éthéré pour intellectuel new-look, pas comme la petite bandeuse des Champs. Et les cheveux ! Pour s'en faire une houpette ? un toupet ? Dugland !... Hermann n'aimait pas œuvrer pour des détraqués, ni avec. Il était servi.

Il se fit engueuler par le chauffeur parce que la ruelle où il fallait s'engager n'était pas éclairée. Saint-Ouen, la zone... ça va, j'irai à pied, j'y suis presque. Hermann descendit et régla la course.

— Et mon retour ?

Il paya aussi le retour, cochons de Français.

Hermann changea de trottoir. Trois loubards avançaient vers lui et leurs regards vicieux ne reflétaient aucune aménité. Les trois rocks ricanèrent et vinrent à la rencontre de ce bourge égaré. Salut pépère. À eux trois ils n'avaient pas cinquante ans mais des couteaux pointus à la main. Assurément ils voulaient de quoi changer leurs vestons élimés contre un beau cuir, leurs boots avachies contre des Santiag' à bouts ferrés, compléter aussi leur collection de disque de Gégène, Gene Vincent, l'idole clopinante décédée d'une overdose de jaja. Hermann avait un feu dans sa ceinture, il ne s'en servait jamais. De toute façon, il pouvait les désarmer facile, et les fesser cul nu. Il ne voulait pas d'histoires. Il sortit son larfeuil, compta vingt tickets et fit la distribution, vous irez jouer au baby-foot. Les petits loubs ne comprirent pas, mais le bourge avait pas les foies, visible. Ils s'éloignèrent bouche bée en pensant qu'il y a des pèdes qui feraient toutes les bassesses pour se faire mettre.

Hermann sourit. Il vit leurs bananes astiquées gomina s'éteindre dans la nuit audonienne. Il entendit une scène de ménage. La Morve lui avait dit trois portes après la scène de ménage. Il compta trois portes et pénétra dans la cour. Il grimpa un petit escalier aux murs lézardés, premier étage, il entra sans frapper.

Il sentit un courant d'air. Un couteau venait de lui biseauter le favori gauche avant de se planter dans l'œil d'un candidat d'extrême droite tout sourire à de possibles électeurs sur son affiche à moitié décollée. Le politicien stoïque garda le sourire. Il était déjà borgne. Toute la pièce était tapissée d'affiches du même individu.

— T'es con, Pierrot ! gueula un vieux bien aviné.

Hermann ne savait qui regarder, ce Pierrot hargneux, le vieux vitreux ou le politicien. Il ne voyait pas La Morve. Il chatouilla sa rouflaquette et se racla la gorge.

— M. Morvan, c'est bien ici ?

Le vieux siffla un grand coup de pif. Il dirigea ses yeux glauques vers l'intrus mais dut avoir recours à ses bésicles pour inspecter cette quarantaine râblée costumée bleu nuit, cette calvitie naissante, ces yeux clairs, trop clairs, immobiles.

— M. Morvan, c'est bien ici ? articula la bouche du coquet.

— Z'êtes de ses connaissances ? lança l'ancêtre.

— Vous êtes peut-être monsieur Morvan père ? hasarda Hermann.

— Y a pas de Morvan père, mon Prince Ringard ! Morvan, y en a qu'un seul et c'est déjà de trop !... Morvan Lespinguen, mon neveu, et moi... (il décolla son vieux cul de sa chaise)... je suis Eugène Lespinguen, pour vous servir... vous servir du pinard, hé hé, je suis le second fils de sa mémé, la dévote femme Dieu ait son âme et ses varices, je suis son tonton, à Morvan, qu'est-ce que c'est qu'il a encore fabriqué ?...

— Il se cache, hein, le neveu ? Il a le rouge au front !

— Oh ! ça m'étonnerait ! objecta le vieux soûlographe, le rouge, on se le met plutôt derrière la cravate, nous autres !

— Va te coucher, Tonton, émit une voix morne derrière Hermann.

Morvan était entré sans bruit et se tenait derrière le Belge, tête baissée. Pierrot fit un signe à Morvan, qui exprimait l'amitié peut-être, encore qu'Hermann doutât que les sentiments humains puissent habiter des têtes aussi fêlées. Morvan était vêtu d'un pantalon de douanier, très ample, d'une chemisette en nylon jauni. Son front était rouge, pas la honte, non, le mercurochrome, il s'était blessé dans sa chute au tourniquet. Ses cheveux rejetés en arrière tombaient en ficelles grasses dans le cou. Ses doigts jaunes se posèrent sur l'épaule du Belge pour l'inviter à s'avancer dans la pièce.

— Pierrot, va avec ton père, à côté, prends Maryvonne.

Coudtrijk remarqua l'enfant qui reprisait des chaussettes dans un coin de la pièce. La gamine le fixa de ses yeux anormalement exorbités. Il détourna son regard.

— Morvan, c'est ton petit nom ? Je savais pas..., dit Hermann pour dissiper sa gêne.

— Le nom que ma mère m'a donné, oui, le nom que Dieu a entendu sur les fonts baptismaux...

— Tu charries ?... Toujours prêchi-prêcha, hein ?...

— Insultez pas Morvan, menaça Pierrot qui avait récupéré son surin.

— Calme, calme, Pierrot, monsieur plaisante, c'est un ami, c'est M. Hermann pour qui nous travaillons, le chef... Tu lui dois le pain que tu manges. Tu dois le respecter, l'écouter, t'as vu son costard bleu nuit ?... Ça doit coûter bonbon !

— Tu te fous de ma gueule, balbutia Hermann.

— Non point, ne croyez pas, monsieur Hermann, j'explique à Pierrot, il est jeune, fougueux...

Hermann soupira. Il s'épongea le front. Il regarda en biais le ringard qu'il avait engagé. Il trouvait plus ses mots. Il sortit de sa poche un paquet de petits cigares et en offrit un à Morvan qui refusa, j'aime mieux mes cigarettes. Le vieux traîna un matelas dans la pièce à côté. Il pétait à la dérobée, en riant tout seul. Les pauvres rappelaient à Coudtrijk les Nègres du Congo et les chiens du trottoir. La petite Maryvonne suivit le vieux en observant l'intrus par-dessus son épaule, le Belge passa sa main sur le devant de son veston comme si ce regard fourbe exophtalmique y avait laissé une traînée baveuse de limace. Pierrot sortit le dernier, la tête trop haute, il était trop fier pour un Breton, celui-là, faudrait voir à ce que la vie le mate un peu. Morvan désigna une chaise de camping à Hermann qui se posa précautionneusement en remontant son bénard pour ne pas le pocher aux genoux. Morvan fumait sans rien dire, le malaise. La tête du Belge pivota à trois cent soixante degrés pour s'accoutumer à cette endroit sinistre. La lampe nue au plafond découpait les visages en tranches d'ombre et de lumière. La table, unique meuble, en fait une simple planche posée sur deux tréteaux, puait la vinasse. Les affiches, c'est Pierrot et moi, expliqua Morvan, en période électorale, on nous engage pour les poser, pour en décoller d'autres, on a tapissé les murs avec pour cacher les trous... c'est pas simple le collage d'affiches, les communistes, ils ont des gros bras...

— Je fais pas de politique, coupa Coudtrijk.

— Moi non plus, ne croyez pas, rectifia Morvan, sinon je collerais pas ces merdes... Allez, déballez, vous êtes venu ici avec des mots durs, n'est-ce pas ?... (Tout en attendant la réaction d'Hermann, il ouvrit un litre de douze.)

— Bon... puisque t'en parles... Qu'est-ce qui ne va pas avec toi ? (Les insultes restèrent dans la gorge du Belge, il n'était pas sur son terrain. Il était assis, les jambes jointes, sur son siège pliant, et Morvan au-dessus de lui, pointant son nez difforme, tirant son cou trop maigre et trop long, comme un charognard du Congo.)

— C'est dur, monsieur Hermann, dit simplement Morvan, en ôtant sans se baisser ses sandales en plastique.

Il se mit à arpenter la pièce en socquettes, laissant derrière lui des traces de sueur sur le plancher pourrissant.

— Oui, c'est très dur, reprit-il en baissant la tête, j'aimais bien cette affaire, j'ai donné un max, ça avait marché comme sur des roulettes, c'était du travail d'orfèvre, et j'apprends qu'il y a erreur sur la personne... tout est à refaire... je suis déconcentré, la conjugaison astrale n'est plus si bonne non plus... et ces cheveux, noirs, raides, comme un voile religieux, j'aurai du mal à faire ça...

— Allons, allons, n'oublie pas pourquoi on t'a engagé tout exprès toi et personne d'autre...

— Je ne pense qu'à ça, des artisans du couteau, vous n'en trouvez plus, il y a pénurie dans la profession... mais la chair qui s'ouvre, il faut bander pour elle, il faut la sentir... je suis pas pute, moi, je peux pas tuer tout le monde, il y a des jours où mon couteau reste flasque...

— Tu te montes le bourrichon ! Reprends le dessus, tu as fait du bon travail dans le temps, j'ai lu tes références... Souviens-toi...

— Je me souviens de rien, j'aime pas les souvenirs, je brûle ce qu'il y a derrière, en cigarettes... J'aime de moins en moins ça...

— Et Panzer ?... Tu le connais, tu crois qu'il aime ça ? Eh bien ! il a ses crises de conscience, comme toi, comme moi. Panzer, il travaille mieux que toi, et pourquoi ? Parce qu'il sait cloisonner, d'une part boulot-boulot, d'autre part l'amusement, et ça l'empêche pas d'avoir un cœur gros comme ça, Panzer...

— Panzer, je l'emmerde... Il est pas infaillible non plus, faut pas me bourrer le mou... C'est bien lui qui était chargé de kidnapper Pelé lors de sa tournée en Europe ? C'était bien monté, ce coup, et ce con de Panzer, tout ce qu'il a ramené, c'était une photo dédicacée !... C'était un fan, un admirateur !...

— Tu dénigres, tu chipotes... tu rumines... Mais remue-toi, bordel de Dieu !

— Ne blasphémez pas ici ! gronda Morvan.

— Ah ! ça ! toujours bigot, hein ? Lopette ! Curé !

— Curé j'accepte. J'aurais pu, j'aurais aimé, autrefois, du temps de nos recteurs...

— Ah ! merde, arrête !

— Bis repetita ! Vous n'aurez pas un coin de Ciel, Hermann ! Vous irez dans une boite avec vos costards et la naphtaline ! Moi le Ciel ! Ah ! l'erreur du Saint-Siège...

Morvan s'enfila un demi-litre de pif d'un coup. Il visionnait le Ciel à travers des culs de bouteille. Hermann soupirait. Morvan reprit.

— ... C'est la soutane d'abord, elle était trop ample, on se grattait trop aisément, supprimée la soutane !... et le latin, hein, vous avez connu le latin, vous, c'était mousseux, voluptueux, supprimé !... Ils remplaceront aussi l'hostie par une pastille Vichy, un Alka-Seltzer, à cause des cuites du samedi soir, c'est l'adaptation à la vie moderne ! Et la Bible en digest, supervisée par Gilbert Cesbron !... Je vois déjà le dernier curé en lamé or swinguer son Credo l'enfant do pour des branleuses de sacristie... En vérité je vous le dis, Notre Seigneur a foiré son come back, il attend dans un asile de vieux la visite de ses enfants ingrats...

— Je m'en fous de tes conneries !... supplia le Belge agnostique.

— Vous êtes un scientifique, un moderne, un robot ! injuria Morvan l'index levé vers Dieu qui nous entend et le plafond fissuré. Il saisit un autre kil de rouge, Hermann recula, Morvan s'enfila une belle rasade.

— Arrête de boire ! C'est ce qui te rend fou ! conseilla le Belge pragmatique et eauminéraliste.

— Daubez, canaille ! La bouteille est bientôt vide, le grand jour arrive ! Hermann, la mort me guide ! Je bois, je fume et je tue, mais j'ai mal au crâne, je tousse, et j'ai la trouille...

— Trop facile, pleurnichard ! Tu vas m'écouter, trou du cul-béni ! Tu t'es vu, dis ?... Tu veux jouer au martyr, au prophète, au saint ! Et ton auréole ? Ah ! je la vois, là, sur ta chemise, la tache de vin qu'est pas partie !... Avoue quand même que tu t'es trompé de crosse ! Les cellules où t'as séjourné, c'était pas celles des moines ! La dernière fois que tu t'es confessé, c'était au juge d'instruction, pas au curé !

— Je ne vous entends pas ! Vade retro !

— Ouais ! et bonum vinum ! Et tes exploits, c'est pas les Actes des Apôtres ! ils sont plus commentés par les pisse-copie que par l'épiscopat !... Le cave du Vatican, c'est toi !... T'es un feignant, un Breton !

— Les Bretons vous pissent à la raie, Hermann ! souffla Morvan dans les narines du Belge en l'agrippant par les revers de veste, j'irai au bout de mon contrat, mais ce sacrifice ne vous est pas dédié ! Et ne criez plus, vous allez réveiller la petite !

Morvan lâcha Hermann. Il se retourna vers la fenêtre pour signifier son absence. Le Belge cracha par terre et réajusta son veston. Il hocha la tête et sortit lentement. Il avait hâte de prendre un bain chaud.

Pierrot poussa la porte. Morvan n'avait pas changé de place. Il était comme une statue au centre de la pièce, la tête rejetée en arrière, les mains à plat sur la table. Il fallait en passer par là, par la mort. Morvan visionnait une apocalypse d'épicier, pervertie, monnayée, laborieuse, beaucoup de sang, le sien aussi peut-être, qu'importe ! Il savait qu'il en ressortirait purifié, grandi, qu'il resurgirait du sang, des cendres et de la honte, il était vêtu d'un drap blanc, immaculé, il marchait au ralenti d'un Te Deum majestueux sur un petit nuage.

Il ouvrit la fenêtre pour aérer la pièce et se lava les pieds dans le lavabo.

## CHAPITRE SEPTIÈME

Le vendredi matin, tu t'es réveillé dans le lit d'une femme que tu ne connaissais pas. Juliette, c'était écrit sur la gourmette qu'elle portait au poignet. Tu l'as dévisagée longuement, cette femme, qui dormait grotesque et insouciante. Elle exhalait une désagréable odeur de sommeil que jamais auparavant tu n'avais flairée. Tu t'es penché pour renifler une aisselle poilue. Tu as appuyé ton index sur le gras du bras, flasque. Le bras s'est replié et la main qui le prolongeait s'est posée tout naturellement sur ton torse. Ce contact t'a gêné. Tu as louché vers la main, tu as aperçu l'alliance au doigt. Tu avais acheté cette alliance dix ans plus tôt, merde, dix années. Pourquoi avais-tu épousé ce bras flasque ? Ah ! oui, le petit Colin embryonnaire. Tu as soulevé délicatement le drap pour tâter l'enveloppe où avait, durant deux cent soixante jours dont le tiers à ton insu, séjourné le petit Colin. Colin avait fini par sortir de ce ventre, mais le ventre, sa propriétaire, et le fruit de vos œuvres, tout ça t'était resté. En travers de la gorge. Pour le pire et le meilleur. Ça aurait pu être pire mais c'était trop tard pour le meilleur. Tu as pointé deux doigts contre la tempe de

Juliette, pan ! Le sang n'a pas coulé, Juliette a continué à dormir avec la même expression béate. Tu as pourtant vu très nettement le crâne de ton épouse voler en éclats et les cellules rosâtres de son cerveau mesquin s'écraser sur le papier peint de la chambre. Tu as passé ta main sur le papier peint. Ça n'était que des fleurs.

— Qu'est-ce que t'as ?... a ronchonné Juliette.

— Rien, mon amour, dors...

Tu as vu la joue de Juliette s'écraser sur l'oreiller. Assez. Tu t'es levé. Tu as été voir à la fenêtre ce qui avait pu changer à ce point mais rien dehors n'avait changé.

C'était juste une lumière ouatée sur les yeux des matinaux. Un matin d'été sans courage. Les klaxons cacophoniques, le ouahouah des voix voilées derrière les stores, les transistors, le tam-tam urbain des poubelles, le turbin qui commence, des couples qui se bisent à ce soir mon amour et des bonjour madame Dupneu quelle chaleur ça promet, tout ça balancé en vrac dans les bennes des Sita. Les éboueurs ont sifflé galamment sur son passage l'encore sémillante Edwige qui avait sorti pour pipi le caniche nain rastafarien. Edwige change de nom toutes les décennies. Soucotte est son quatrième nom. En fait, Edwige s'en fout pas mal, de s'appeler Soucotte, ou Dupont, ou la mère Tapdur, c'est que des noms d'hommes, et je suis bien placé pour savoir que les hommes, qu'elle a jadis adulés en vrac et au détail, la dégoûtent de plus en plus. Je dois avouer toute honte bue que je participe intensément à cette dévalorisation. Gisèle Halimi a pris parti pour Edwige. Tous faux mâles falots, phallos salauds, folles en fesses ou machos chameaux, moches. Tous. Elle n'a pas toujours dit ça, Edwige ; pour Gisèle, je ne suis pas assez intime. Je me rappelle encore la première fois que je l'ai vue, c'était au commissariat. On avait kidnappé le caniche. J'ai dû fouiller partout à la recherche de cette touffe de poils frisés, j'ai si bien fouillé que j'ai épousé Edwige deux mois plus tard, un caprice, une folie. J'avais retrouvé le caniche mais elle en voulait un deuxième, pour faire encore plus chic entre les meubles Regency. J'étais en passe d'être viré de la PJ, affaire de mœurs, proxénétisme, ça sentait le mauvais, à cause de Lola Stern à qui on pouvait pas en vouloir vu son jeune âge. C'était choisir entre faire le caniche chez Edwige ou le chien de garde chez Renault. J'ai choisi. Edwige a poussé la porte de l'entrée et je me suis senti con. J'étais sur la moquette dans l'entrée, allongé sur le dos, une, deux... les épaules contre terre, trois, quatre... et contre mes épaules deux genoux ronds et roses, cinq, six... ouvert un peu plus loin le bel album d'Edgar Rice Burroughs, sept, huit... et la petite Stern qui riait tellement, elle a de si jolies dents, neuf, dix ! Victoire !

— J'ai battu Tarzan !

— Lola, lança Edwige, laissez souffler un peu ce pauvre Virgile, il n'a plus votre âge... (Simple perfidie.) Faites-nous plutôt un peu de café, vous saurez ?

Lola a disparu dans le couloir qui menait à la cuisine vingt mètres plus loin. J'ai vu Edwige se pencher sur moi, je craignais une remontrance. Mais elle m'a caressé le front, elle m'a recoiffé. J'ai souri de mon mieux à une si compréhensive épouse. Elle a posé sa bouche sur mon oreille :

— Vieux salaud.

C'est quand même la merde.

J'espérais un week-end paisible, une centaine de morts sur les routes, le double de blessés, le Liban dévasté, les charognards d'Afrique festoyant à bon compte, hélas pas les enfants du Sahel crevant de la sécheresse du cœur, le cancer squattant des organes quinquagénaires de préférence et les forces de l'ordre des médecins incapables de l'en expulser, la bouillie du caniche, le sport à la télé, le skate au Troca, Albert Simon promettant d'autres week-ends ensoleillés... Mais tu as froissé ton journal, tu as jeté toute cette misère au caniveau.

Tu avais huit jours d'arrêt de travail, tu aurais pu faire des mots croisés, dorloter Juliette, apprendre la cuisine, lire des journaux cochons, non. Tu avais autre chose en tête. Cabochard.

Tu avais tout dit à Juliette, que tu étais tombé sur un tesson de bouteille en courant après un élève particulièrement indiscipliné, elle t'avait grondé sans méchanceté, tu ne changeras jamais !... et tu avais baissé la tête, fourbe. Et Juliette avait bien compris que tu veuilles assister l'après-midi à la Sorbonne à une soutenance de thèse sur le roman policier genre mineur ou interdit aux mineurs. Et Lucinda n'avait pas été surprise de te voir débarquer à trois heures. Elle t'avait préparé du thé au jasmin et tu l'avais bu sans faire la grimace. Il y avait dans les placards les robes de Janet pendantes comme des corps nus décapités. Et le chien de Janet, il te fixait d'un air accusateur et tu te sentais coupable de telles violentes érections dans l'appartement d'une morte. Il n'y avait pas d'aphrodisiaques dans le thé au jasmin, non, c'était autre chose, c'était le pyjama de satin que portait Lucinda, c'était sa gourmette à la cheville, sa manière de remonter nerveusement ses cheveux sur la nuque, c'était peut-être aussi le lit défait et froissé. Alors tu as parlé de Juliette, Lucinda a souri, elle ne te demandait rien, pas d'amour, pas de confidences, elle te demandait juste de boire ton thé au jasmin et d'être là, et quand tu as eu les yeux trop brillants, elle t'a pressé les doigts en disant pas aujourd'hui, elle avait autre chose en tête, ce Belge qu'elle ne connaissait pas et qui trottinait au bois de Boulogne, satyreau printanier aux trousses d'une invisible sylphide, qui faisait sonner là le tocsin de ses toxines, ce Breton mystique qui avait bricolé son scooter toute la matinée dans les émanations putrides du tuyau d'échappement, qui avait pris pour tout repas une gorgée d'éther et rôdait dans l'ombre près d'elle, elle voyait des couteaux hérissés autour de son immeuble, elle ne voulait pas que tu partes, elle a insisté pour venir avec toi, mais tu allais chercher Colin à la sortie de l'école et elle a tellement insisté que tu as dit oui.

Lucinda flippait, tu décrochais, et La Morve était complètement jeté. Outre ses cigarettes et son couteau, il trimbalait dans son sac plastique des Galeries sa bouteille d'éther et des amphétamines. Il montait la garde sous les fenêtres de Lucinda. Vu son odeur et son attirail, c'était une vraie pharmacie de garde, oui, et si certains passants se dispensèrent de commentaire en coinçant leur bulle, d'autres commentèrent ce dispensaire ambulant qui coince. Vous êtes sortis et La Morve a pensé tiens, les voilà qui sortent, vous avez eu le temps de prendre un taxi avant qu'il réagisse... La Morve a enfourché son scooter et vous a suivis. Vous n'avez pas remarqué ce deux-roues zigzaguant derrière vous, Lucinda se pressait contre toi, tu étais bien, tu aurais bien ainsi fait deux fois le tour du périphérique. Tu ne voulais pas la prendre dans tes bras à cause du chauffeur qui était peut-être cousin germain des Bouziges, vos voisins de palier, mais c'était pareil, elle était contre toi, elle sentait bon un parfum que tu n'avais jamais acheté à Juliette.

Vous êtes arrivés à l'école et c'est Lucinda qui a payé le taxi, tu as laissé faire à cause de Juliette et des économies pour les vacances. Il y avait des parents qui attendaient la sortie de leurs prodiges. Tu avais peur de te faire repérer par d'éventuelles parentes de petits camarades de Colin, tu dévisageais chaque physionomie suspecte de vile délatrice. Ton regard s'est attardé sur ce petit cul de petite punk friquée tirée à quatre épingles (de nourrice) mais elle était accompagnée et nous avons croisé nos regards. J'ai senti ta gêne et je suis allé vers toi qui te demandais ce que je faisais en short avenue de Villiers à une sortie d'école. Tu savais que j'étais dans la police et tu as dû penser à une ruse ; par chance et par hasard, je n'avais pas de sucreries pour la petite sœur de Lola. Tu ne m'as pas présenté Lucinda et tu n'as pas serré la main de Lola que tu as appelée mademoiselle et elle n'a pas l'habitude. Il y avait un malaise et j'ai vu La Morve, ressortissant bien connu dans les locaux de la PJ. Les enfants ont commencé à sortir en piaillant. La fille avec toi était très pâle, absorbée dans des pensées qui ne lui réussissaient pas. Les yeux de la fille se sont ouverts très grands et elle s'est mise à hurler, tu n'as rien fait et je l'ai giflée, c'est alors que j'ai vu qu'elle regardait La Morve, toi aussi tu l'as vu et tu as couru sur lui. C'est à ce moment que le petit Colin a franchi le portail, il s'est élancé vers toi et tu l'as reçu dans les jambes. La Morve était à trois mètres de toi, entouré de nounous, de mamans, j'ai regardé Lola et je me suis décidé. Lucinda était pliée en deux, elle hurlait. Je crois que Lola lui a dit quelque chose, j'étais déjà sur La Morve et j'ai vu briller son couteau. Il ne m'a pas frappé, il s'est juste déplacé de côté, il n'a pas fait un pas, il tenait son couteau bras tendu, comme une cartouche de dynamite. Les mamans ont commencé à gueuler, à appeler un agent, La Morve a regardé autour de lui, je lui barrais le chemin du scooter, il a grimacé et s'est avancé vers toi. Alors tu as reculé, blanc comme neige, et tu as vu trop tard que tu laissais Colin. La Morve a pris Colin par les cheveux et a posé son couteau sous sa gorge. Il a regardé l'assistance en ricanant, il n'a pas entendu les murmures sur la peine capitale pour les ravisseurs d'enfants, il a reculé jusqu'à son scooter. Il transpirait énormément, j'ai senti son odeur d'éther, je l'ai laissé enfourcher son scooter, Colin était trop contre lui, tout le monde à entendu le bruit du moteur rompre le silence. Quand le scooter s'est éloigné, tu t'es effondré en pleurs et je n'ai rien pu pour toi.

Je t'ai dit d'appeler les flics. Je ne tenais pas à ce qu'ils me trouvent grand benêt en short aux sorties d'écoles. Lola pouvait ramener sa sœur toute seule.

Ramier, tu pleurais... Le moment n'était pas d'échanger nos souvenirs d'écoliers. J'ai enfourché ma bicyclette chinoise et je me suis barré.

Je ne tenais pas à approfondir l'affaire, c'était ton problème. Je sentais trop le flic qui sommeille en chacun de nous se réveiller en moi, la fiche de Morvan Lespinguen m'apparut, merde, la mémoire est un ordinateur incassable, une imagination qui manque à ses devoirs de fantaisie. J'y pensais tellement, au Morvan, que je me suis foutu la gueule dans une deux-pattes qui a freiné brusque, au coin de la rue de Monceau et du boulevard Malesherbes.

C'est alors que j'ai vu le scooter par terre et le type qui gesticulait en gueulant mon aile ! mon aile ! un agent ! un constat ! Derrière, ça klaxonnait dur. J'ai posé ma bicyclette sur le trottoir et j'ai couru vers l'accident. Le scooter perdait son essence. La bouteille d'éther s'était cassée. La Morve s'était volatilisé ; malgré tout le monde qui vociférait et les klaxons des impatients, j'ai entendu un cri pas comme les autres, un appel. J'ai posé ma main sur mon front comme une visière et j'ai cherché très vite. J'ai vu La Morve s'engouffrer dans un car Panavision. Ton petit Colin sous son bras, comme un mouflet insupportable.

J'ai couru jusqu'au car entre les voitures, je sautais d'un capot à l'autre. Dans le car il n'y avait que des bonnes sœurs. Morvan palabrait avec l'accompagnateur. Le gosse braillait. J'ai dit au chauffeur de ne pas démarrer, je suis entré et les bonnes sœurs se sont voilé les yeux, mon short bâillait légèrement à l'entrecuisse. Morvan m'a vu. Il s'est mis à gueuler :

— Droit d'asile ! Droit d'asile !

Il se prenait pour Quasimodo. J'ai vu ses yeux jaunes virer au rouge. Même quand j'étais flic, j'étais minable à la lutte et aux arts martiaux. Je lui ai dit :

— Tu laisses le gosse et tu peux partir, je te ferai rien.

— Jésus-Marie-Joseph ! entonnèrent les bonnes sœurs.

Morvan m'a détaillé des pieds à la tête et j'ai été obligé d'adopter une position de close-combat, mais la main tendue pour bien montrer mes intentions pacifiques. Il a ricané. Le chauffeur m'a posé sa grosse main sur l'épaule. Je me suis retourné. J'ai tenté d'expliquer brièvement la situation et j'ai entendu Morvan jurer au fond du car. Il essayait d'ouvrir la porte de secours sans y arriver. J'ai attendu qu'il vienne à moi mais il s'est emparé d'un extincteur, il l'a balancé dans la vitre qui a volé en éclats et il a sauté. J'ai pas osé prendre le même chemin, j'ai bousculé le chauffeur et je me suis précipité derrière Morvan. Il clopinait trop pour que je ne puisse le rattraper. Il est entré dans le parc Monceau. Je l'ai vu entre les poussettes et les pâtés de sable. Il n'était plus qu'à dix mètres de moi, il se retournait avec des yeux affolés. Il a bousculé un bambin qui gênait sa course, le bambin est tombé et la maman a couru vers sa progéniture en danger. Dans ma course j'ai pas pu l'éviter, je l'ai prise de face, son front dans mon nez, j'ai rien vu.

Je suis resté deux ou trois secondes sur elle sans comprendre, j'ai ouvert les yeux, j'ai vu qu'elle était sur le dos, cuisses écartées, appelant à l'aide, et moi gigoteur empêtré dans ses jupes relevées, me débattant comme un qui se noie. J'ai entendu les cris d'indignation, j'ai vu les jambes granuleuses des nourrices faire une forêt autour de nous, j'ai écouté les reproches, elle est consentante, non ! il la force, en plein parc, sur la terre battue ! Le gardien, vite, le gardien... Nous nous défîmes, j'avais les genoux couronnés, j'ai écopé de quelques coups d'ombrelle et le gardien est arrivé. Mon attitude, ma tenue vestimentaire étaient indéfendables. Je me suis laissé emmener au poste. J'étais fatigué, déshonoré. Les pires lazzis accompagnèrent ma retraite protégée par les gardiens de la paix jusqu'au fourgon cellulaire.

Colin n'a pas fait le voyage de Chartres avec les bonnes sœurs. Il s'en est trouvé une pour le raccompagner chez lui, à la condition sine qua nonne qu'il ne pleure pas et qu'il apprenne son Notre Père. Juliette a failli s'évanouir et tu n'étais pas là. Tu marchais vers Pigalle comme un chien fou. Lucinda n'avait pas attendu les flics, soudain elle n'était plus là, près de toi, tu as cherché des yeux, mais rien. Tu as vu la voiture des agents, tu as eu peur. Tout le monde a accueilli les agents à bras ouverts, c'était à celui ou celle qui avait tout vu le mieux et du plus près. Les agents ont demandé le père, et tu n'étais qu'au troisième rang, tu as reculé, jusqu'à l'entrée d'un café où tu t'es engouffré. Tu as été droit aux toilettes et tu t'es aspergé d'eau du robinet. Tu ne t'es pas reconnu dans ce visage défait que t'a renvoyé la glace. Tu t'es enfermé dans les chiottes, tu t'es assis et tu as pleuré sans savoir si c'était pour Colin ou pour Lucinda mais c'était pour toi-même. Tu ne voulais pas rentrer chez toi, tu as vu Colin et Lucinda sur un manège, le manège tournait de plus en plus vite et toi tu les suppliais d'arrêter, Juliette nous attend pour dîner.

Je le connaissais bien ce commissariat. Des flics bornés qui ne m'ont jamais blairé. Je me suis retrouvé derrière les barreaux avec deux cloches et un prostitué mâle.

Le prostitué mâle n'arrêtait pas de mater mes cuisses. Il me balançait des œillades assassines. Je regardais les flicards, ils se foutaient de ma gueule. Ils jouissaient de me garder une heure ou deux. Je savais bien qu'ils finiraient par appeler Edwige, que ça s'arrangerait, je les engueulais, les menaçais, ils faisaient de même. Je sentis un souffle tiède sur ma nuque. C'était l'homo.

— Sens interdit ! avertis-je l'inverti.

— Monsieur Soucotte ! Vous ne vous souvenez pas de moi ? me susurra l'enfant perdu, visiblement attristé de n'avoir laissé dans ma mémoire qu'un souvenir fugace.

Je me retournai vers lui. Il souriait en attendant un déclic dans mon esprit. C'était peut-être une ruse infâme pour lier connaissance, mais il connaissait mon nom.

— On s'est connus dans l'Armée des Indes ? avançai-je rapport à son déguisement, et puis ça me revint, sa frimousse, derrière le fond de teint : Marquis !... Mon petit baigneur, tu t'arrondis...

— Je deviens femme, m'affirma-t-il.

— Tu avais les cheveux rouge carotte coiffés en fond d'artichaut, la dernière fois qu'on s'est vus, sinon je t'aurais reconnu.

— On m'a dit que vous n'étiez plus dans la police ?

— À cause des PV que je faisais sauter, j'avais des amis dans les aubergines...

— Vous ! Vous faisiez sauter des pédés dans des auberges « in » !

— Si tu veux...

— Monsieur Soucotte, depuis que je vous ai vu, tout à l'heure, je ne pense qu'à une chose...

— Marquis, n'y pense plus...

— Oh ! non, pas ça... C'est comme si j'avais un poids sur le cœur.

— Te tracasse pas, c'est les hormones qui agissent.

— Ne riez pas, c'est trop facile, et c'est trop grave ce que je vais vous dire, écoutez...

Et il me fit le récit de sa nuit du mardi 13 juin, à voix basse. Je sentis l'humidité descendre sur mes jambes nues. Marquis possédait une pièce du puzzle qui s'imbriquait parfaitement dans la mienne et honni soit qui mal y pense.

À sept heures du soir, j'étais libre. J'ai pu faire sortir Marquis, il a filé droit au Pinky. Il n'est pas allé se rafraîchir au tabac d'à côté. La Morve y était, parmi la foule des apéroteurs, sur sa banquette du fond, affalé, les yeux dans le vide. À la place des deux minettes de l'autre soir, il y avait deux vieilles femmes obèses et cirrhotiques. La Morve ne commanda pas de bière, il se faisait assez de mousse comme ça. La banquette avait été lacérée par un vandale, la mousse sortait du tissu rouge, La Morve passa son index sur les lèvres de la blessure, il pencha la tête vers la banquette avec des yeux écarquillés. Il tira sur la mousse, ça sortait en bouillon que La Morve pétrissait et soudain cette besogne pseudo-chirurgicale idiote effraya La Morve, il tenta de remettre la mousse à l'intérieur, par l'ouverture, mais déjà les ressorts aussi commençaient à sortir, il s'assit sur le trou, il craignait d'être découvert, il se leva pour sortir. À la hauteur du comptoir il vit Lucinda qui achetait des cigarettes. Elle lui tournait le dos. Il s'arrêta derrière elle et leva les mains, il les tendit mais freina son geste, il aurait voulu caresser les cheveux, il était fasciné. Lucinda vit La Morve derrière elle dans la glace, La Morve grimaça un sourire en secouant la tête en signe de dénégation,

Lucinda était incapable de bouger, de crier, elle attendit de s'évanouir, mais c'est La Morve qui disparut en poussant des petits cris de bête, il bouscula les passants, il passa deux fois devant la bouche du métro sans la voir, il fit rire quelques consommateurs à la terrasse des Deux-Magots, il traversa le boulevard Saint-Germain et descendit les trois marches pour entrer au Drugstore, il pénétra dans la pharmacie mais il y avait la queue, il n'eut pas la patience d'attendre, il ressortit, retraversa le boulevard, il grimpa les marches de l'église mais la grande porte était close, il posa sa joue sur le bois et souffla un peu, il redescendit dans la foule et trouva la bouche du métro, il s'y engouffra comme un lapin dans son terrier. Il n'avait même plus cent balles à foutre dans le distributeur pour un paquet de chewing-gum. Place Pigalle, à la même terrasse que la veille, tu en étais à ton septième Ricard, sur la chaise de Lucinda était assise une jeune fille qui riait et tu aurais voulu faire taire ce rire indécent, tu étais écœuré par les gros seins des putes et Lucinda mettait un petit soutien-gorge, trois culottes et une brosse à dents dans une petite mallette de voyage.

Je suis rentré à l'appartement. Je m'y suis senti plus que jamais comme un squatter. Edwige m'a dit qu'on avait bridge avec les Duplantier mais j'ai enfilé un peignoir et je me suis allongé sur le canapé avec la bouteille de Jameson à côté de moi. Je pensais à toi, Ramier, tu rougissais quand le prof t'interrogeait ; à la fin du dernier cours tu passais un élastique autour de ton classeur, tu réajustais le col de ta chemise amidonnée et tu allais prendre ton bus ; quand on avait gym, tu mettais ton short sous ton pantalon pour ne pas avoir à te montrer en slip devant nous ; en 68 tu étais de ceux qui appelaient à l'organisation en comités structurés hiérarchiquement et disciplinés, qu'avais-tu à voir avec Morvan Lespinguen, avec cette fille qui t'accompagnait ?... Le Jameson ne m'a pas donné la réponse, j'avais juste mal à la tête. J'ai ouvert machinalement l'album d'Edgar Rice Burroughs et j'ai lu la dédicace d'Edwige, « à mon Tarzan adoré... », j'ai jamais été bon qu'à espionner des parties bleues, sermonner des vieux lubriques et rechercher des caniches nains. Edwige est allée quand même au bridge et j'ai bu un peu plus de Jameson. Elle m'avait dit de m'occuper du chien, je lui ai ouvert trois boîtes de pâtée, je lui ai donné quatre ou cinq sucres et l'ai enfermé dans la cuisine. Je lui ai mis des journaux par terre pour qu'il pisse pas sur la moquette, *Le Figaro*, à cause du format large et du nombre de pages absorbant, j'ai vu la photo de Janet Jenkins égorgée dans les jardins du Palais-Royal, le chien allait pisser dessus, et après ?... Je suis pas flic, moi, j'ai fait mon temps, je suis retourné à ma lecture, je me suis resservi du whisky, pour faire taire les bruits de la rue et ceux dans ma tête, les hurlements de ta copine, tes pleurs devant l'école, et les yeux de la morte du journal, et ceux de La Morve, alors le téléphone a sonné et je me souviens avoir balbutié : « Tarzan malade... gueule de bois... gazelles et pigeons se démerder seuls... Tarzan dormir... »

*Deuxième partie*

# CHAPITRE HUITIÈME

Virgile, tu dormais... Tu as pu rêver des romans, c'est un piège auquel j'ai été pris moi-même... Moi-même ! Lequel ? celui dont la ligne du regard forme avec le sol un angle de quatre-vingt-sept degrés, auquel les élèves lancent des craies et des quolibets ? ou celui qui a déambulé toute une nuit dans les bars de Pigalle ?...

Tant de monde s'est assis sur la chaise de Lucinda, je n'arrivais plus à la cerner, à la comprendre... Le garçon a refusé de me servir un verre de plus, il a mis ses mains sous mes aisselles, il m'a soulevé, j'ai voulu emporter ma chaise, il n'a pas voulu. Cette chaise m'a manqué par la suite. J'ai frôlé des femmes de mauvaise vie, il y en a des très belles tu sais, elles demandent pas plus que les moches, à penser qu'il y a un vice de forme, ou alors c'est une forme de vice... J'ai pas osé y aller, j'ai essayé de toucher des nichons qui se présentaient là, mais j'ai récolté que des baffes... Même Juliette ne me bat jamais... J'ai rencontré des types, ils étaient soûls, des travailleurs manuels, je leur ai dit que moi j'étais un manuel littéraire, ça les a pas fait rire... On s'est séparés... J'ai fait ami-ami avec un jeune qui me suivait sauf qu'était devant, il était tout ébouriffé, petit Rimbaud hagard, beau ringard, il savait plus son bateau ivre... il voulait vivre une aventure... Je me suis retrouvé dans une salle de jeux, avec des billards électroniques, je me suis cramponné à une machine et j'ai fouillé dans mes poches, j'avais même plus cent balles à fourrer dans ce flip pour faire tilter la nuit, que ça finisse...

J'ai pris un des premiers métros. Il y avait en face de moi des Arabes qui allaient travailler, des femmes de ménage qui lavaient les bureaux avant l'ouverture, ils ressemblaient trop à des gens que je n'ai pas connus, j'ai été m'asseoir plus loin, en titubant. En sens contraire à la marche. J'ai été ainsi toute ma vie.

J'avais pas dessoulé quand je me suis réveillé, le samedi. J'ai vu le petit Colin dans le salon, il n'avait pas l'air de jumeaux, j'ai pensé que j'allais bien. J'ai voulu le prendre dans mes bras. C'est alors que Juliette m'a empêché, moi son père. Elle m'a traité. Les pires injures, et les larmes. Je me suis assis sur le bord du lit, je suis tombé à la renverse, j'ai vu Juliette remplir une valise, j'ai levé la main pour protester, mais je ne savais pas si cette main rigide était la mienne. J'étais quand même content pour Colin mais si peu que ça m'a surpris. Juliette est sortie. Avec Colin et la valise. Le pouf où elle avait posé la valise s'est regonflé de manière inversement proportionnelle à mes poumons. Juliette avait laissé un paquet de cigarettes à moitié plein. Pour la première fois depuis l'âge de quatorze ans j'en ai allumé une. Si elle n'a eu aucun goût, elle ne m'a pas non plus fait tousser et j'ai pas compris cette psychose du tabac.

Je ne me tracassais pas trop pour Juliette. Je voulais

déjà consolider les murs qui avaient tendance à vaciller. Et Juliette était chez sa mère, bien sûr, on devait y aller dimanche, jamais je ne me serais douté.

Un peu plus au nord, dans les réserves où il a bien fallu parquer les pauvres qui défiguraient le visage futuriste du nouveau Paris, ce La Morve aux dents vertes vit le soleil révéler les traces de doigts sur les carreaux, c'était Tonton, Pierrot, Maryvonne qui laissaient là leurs empreintes, à la lisière de leur gourbi. Le soleil pouvait taper sur le carreau, La Morve ne bougeait pas. Il avait les yeux grands ouverts sur le plafond, allongé qu'il était sur la couverture pisseuse qui lui servait de robe de chambre à l'occasion.

— Tonton ! Tonton ! cria-t-il, Tonton !

— Ouais, j'arrive, pas le feu ! ronchonna le vieux débris, entrant dans la pièce en remontant son froc d'une main et en fourrageant de l'autre dans sa poitrine velue.

La Morve bascula du lit de camp et agrippa Tonton par les épaules, Tonton, dit-il, des larmes pleins les yeux.

— Tu bois trop, Morvan, t'es comme ta mère, t'as le foie fragile !

— Tonton, j'ai vu Notre-Seigneur ! Il m'est apparu cette nuit ! Il m'a reconnu, il m'a appelé par mon petit nom !... Il ressemblait à l'instituteur de notre village ; avec les lunettes et la verrue sur le nez, il m'a dit Morvan ! j'ai deux mots à te dire, et tout de suite j'ai senti que c'était important. Morvan, regarde-toi, il m'a dit, t'es moche et tu pues ! et je dois avouer qu'il avait raison... J'ai eu honte. Morvan ! Si tu crois que tu vas aller au paradis pour cuver ton vin et laver tes chaussettes, tu commets une lourde méprise... Tes crachats poitrinaires vont effrayer les anges... Ma gorge me brûlait... Morvan ! tu as l'âge de Mon Fils le jour où les Juifs le crucifièrent ! Cesse cette vie de débauche, prends un bon bain, cure-toi les ongles, et marche droit !... Voilà comme il m'a parlé !

— Morvan ! répondit gravement le Tonton attristé, tu es encore soûl comme une bourrique, à huit heures du matin, et c'est encore moi, à mon âge, qui vais devoir aller acheter le pain et les cigarettes !

— Non, Tonton ! Plus de cigarettes, le Seigneur nous les interdit !

— Merde ! Tu me donnes envie de te fesser comme quand t'étais petit !

— Oui, Tonton ! Je le mérite ! Mea-culpa !

— Mon petit, je ne pensais pas que le délirium te prendrait avant moi.

Morvan se recoucha sur son lit de camp, il n'entendait plus Tonton, il chantonnait avec les anges. Tes anges à toi étaient tout en fesses, ils ressemblaient à Lola Stern. Edwige tira les rideaux et les anges s'envolèrent. Tu étais en peignoir sur le canapé du salon, la bouteille de Jameson avait roulé sous le guéridon, l'album de Tarzan te servait de couverture.

— Morvan, as-tu dit soudain, dans un demi-sommeil.

— Quoi Morvan ? répondit Edwige.

— Oui oui, as-tu continué, je sais où le trouver, il m'expliquera, est-ce que tu sais où j'ai rangé mon flingue ?

Le dimanche je me suis senti vide. Juliette me manquait plus que je ne l'aurais cru. J'avais mal dormi, cherchant contre moi sa présence. Je me sentais amputé d'une partie du lit. Je m'étais mis à bander contre le matelas pour des femmes que je ne connaissais même pas. C'était Juliette que j'aimais. Peut-être Lucinda, oui, je la connaissais mal. Peut-être c'est pas l'amour qui fait bander. Le matin je n'ai pas été chercher de croissants. J'ai bu un café noir et j'ai tourné dans l'appartement sans me décider à me laver, me raser, m'habiller.

J'ai fumé à contrecœur toutes les cigarettes du paquet qu'avait laissé Juliette. Je me suis décidé à téléphoner à sa mère. Belle-maman m'a alors traité de monstre lubrique, de cynique dévoyé, que je savais bien de quoi elle parlait et la honte qu'on m'avait vu, moi, avec une créature, et devant l'école, devant mon fils et Jules Ferry, qu'elle s'en doutait que tôt ou tard et ceci-cela merde, j'ai raccroché. J'ai enfilé des vieux vêtements confortables et je suis allé manger une pizza aux Champs-Élysées. Le patron a fait celui qui me reconnaissait pas parce que Juliette ne laisse jamais de pourboire et j'en étais bien content. J'étais allemand, belge, volapük, je connaissais personne, moi. Et j'aime pas la pizza. Je suis allé au Drugstore, j'ai acheté une bouteille de vieux calvados, et une revue de l'homme moderne diluée dans *Le Nouvel Obs* et *Le Monde.* Il y avait des types plus vieux que moi avec des filles plus jeunes que moi et sûr que je suis dans une génération sacrifiée. Je suis rentré tenir compagnie aux filles des magazines mais aucune ne ressemblait à Lucinda, elles avaient des poitrines qui débordaient des pages et des cheveux blonds très différents de ceux de la poupée neuve contre laquelle dormait Jacques Passoveur, alors que sa femme et sa fille jouaient au scrabble. Trouveraient-elles les mots qu'il fallait pour épauler les ambitions d'un tel homme ? Un tel homme ronflant contre de faux cheveux pouvait-il légitimement nourrir des ambitions ?

Tu as retrouvé sous une pile de culottes froufroutantes le MAB P15 énorme que tu t'étais offert aux premiers temps de ta jeune carrière, quand tu préférais encore Chase et Chandler à Lewis Carroll. Alors tu te voyais descendre la rue de Belleville arme au poing, sous les regards effarés des squaws et papooses locaux. Mais ta frimousse convenait mieux aux garden-parties haschisch et chichis qu'aux chéchias insolentes, mieux aux recherches de paternité des yorkshires engrossées qu'aux grosses putes des faubourgs, nul comme toi ne savait flairer le cul d'un bull-terrier femelle pour retrouver le corniaud malfaisant. Le MAB avait rejoint ta licence en droit et tes rêves de western dans le musée de tes désillusions. C'est pour ça, peut-être, que tu l'as ressorti, ce MAB, pour faire œuvre plus utile que baiser ta vioque dans la soie et lutiner les nubiles. Va savoir. Tu as visé le caniche sur la moquette, tu as fait le bruit avec ta bouche, pfuit, comme pour le descendre et tu l'as descendu. Pisser. Edwige te l'avait ordonné.

Lucinda a tiré la fermeture à glissière de son sac de voyage comme un trait sur ce qu'elle venait de vivre. Elle ne pouvait rester dans cet appartement aux odeurs de mort. Elle avait dans la tête une ruche d'abeilles qui cherchaient la sortie. Elle a déposé aux quatre coins de l'appartement des soucoupes remplies de nourriture pour le chien de Janet, elle ne voulait pas s'encombrer du chien d'une morte.

Elle n'avait plus d'argent, plus assez pour s'installer

quelque temps dans un meublé. Elle ne voulait pas non plus avoir recours à mes bonnes œuvres, elle m'avait planté à la sortie de l'école, elle pensait que j'étais moi aussi contaminé par la mort.

Elle chercha l'adresse de William Spencer dans le Bottin. William Spencer n'était qu'un très ancien associé de son défunt père, mais il se souviendrait d'elle. Elle l'avait revu à l'occasion d'une Bar Mitzva, il n'y a pas si longtemps, cinq ou six ans, elle se souvint de la robe qu'elle portait pour l'occasion et du champagne éventé comme ce souvenir ordinaire qui lui montait à peine à la tête. Elle téléphona préalablement et Tonton Spencer se montra jovial au bout du fil. L'enfance attendait au bout de ce fil magique, la pauvre enfance dégénérée.

Tonton Spencer la reçut en robe de chambre, il n'était que cinq heures de l'après-midi. Il éteignit la télé et apporta deux bières trop glacées. Lucinda buvait à petites gorgées, sans bien entendre Tonton Spencer qui parlait de la crise, du beau temps et de son épouse qui se tapait à l'heure même des parties de fesses signées Trigano du côté de Djerba. Ça le faisait rire parce que Tonton Spencer était moderne et dégagé, il laissait aux minets cupides ou œdipiens les ultimes soubresauts de cette épouse celluliteuse. Il sourit en écoutant Lucinda faire état de ses soucis pécuniaires, ça devait s'arranger, il hochait la tête en répétant qu'est-ce que tu as changé, il mit un disque et arpenta la pièce en méditant. Il décrivit ainsi des cercles concentriques qui l'amenèrent derrière la fille de son ex-associé malheureux. Il posa les mains sur les épaules de Lucinda qui se retourna.

— Ça doit pouvoir s'arranger, dit-il d'un air entendu, et Lucinda entendit très bien de quelle manière ça s'arrangerait. Elle n'en fut pas même surprise et encore moins indignée. Elle fut simplement dérangée par la jovialité de Tonton Spencer. Elle se laissa soulever par les aisselles, c'était con, Tonton Spencer l'impressionnait encore, elle craignait ses visites quand elle était petite parce que le brave tonton aimait lui pincer les joues très fort affectueusement, c'est-à-croquer-ça-madame !

Lucinda avait terriblement besoin de fric. De plus, en d'autres circonstances, elle avait déjà été amenée à se prêter, ou plutôt se vendre, à de telles compromissions.

Et Tonton Spencer ne lui fit pas grand mal, il ne lui pinça même pas les joues.

La Croisette était molle, ce dimanche soir, bien empastaguée des fastes du midi. Les touristes se massèrent autour des deux hommes, ils avaient reconnu Bruno Cremer et Jacques Dutronc. Bruno Cremer jouait le méchant, visiblement, il tenait le petit Dutronc en respect, il avait entre les mains un fusil mitrailleur MAT. Dutronc levait les bras. Certains touristes peu perspicaces ne reconnurent pas les deux artistes, mais ils n'étaient pas maquillés comme à la télé. Le cameraman qui les filmait était assis à l'avant d'une DS noire conduite par un Martiniquais dans lequel personne ne crut reconnaître Toussaint Louverture. Le Noir faisait signe aux badauds de dégager, ne gênez pas s'il vous plaît.

Hyacinthe Basta-Césari dînait tous les soirs dans le même restaurant tenu par son ami Doumé. La Rolls sortait de la villa fortifiée de Juan-les-Pins, elle faisait un tour pour Babette, la suceuse attitrée de Hyacinthe qui s'ennuyait toute la journée avec Guy des Cars sur un transat et qui raffolait du spectacle des congés payés en vadrouille.

La Rolls dépassa le petit attroupement et se gara près du restaurant.

— Attends, attends, dit Babette, on tourne un film.

Babette aimait la vie, elle allait au cinéma, elle avait également tourné trois pornos dont un *hard-core.*

Hyacinthe jeta un regard amusé sur la scène. Il s'appuya contre la Rolls pour chercher dans sa poche un cigare. Le type à la MAT ne lui rappelait pas Bruno Cremer et Jacques Dutronc s'engouffra dans la DS, ça faisait partie du scénario, le chauffeur fit dégager les touristes devant et Hyacinthe se retrouva devant la MAT. Le faux Cremer lui lâcha alors un chargeur entier dans le nombril et rejoignit prestement ses complices dans la DS.

Les touristes ne comprirent pas très vite. La DS disparut, Panzer ne distribua pas d'autographes. La DS sortit de la ville. Jacques Dutronc ôta ses lunettes de soleil et attrapa un bus au passage. Les deux hommes à l'avant partirent tranquillement en estafette. Panzer prit le volant de la DS et rejoignit un parking au nord de la ville. Méticuleusement, il effaça les empreintes éventuelles et monta dans une Mercedes immatriculée en Allemagne.

Il rejoignit l'autoroute, il avait mille kilomètres à faire pour arriver à Paris. Il alluma l'autoradio sans chercher à savoir pourquoi Hermann l'appelait.

## CHAPITRE NEUVIÈME

La petite Ludivine reprit le chemin de l'institution Sainte-Anne le lundi matin. Elle décomptait les années scolaires, 5e, 4e... qui la séparaient de sa majorité. Alors elle s'achèterait une moto et partirait faire le tour du monde avec Sandrine. Sandrine approuvait de tels projets, la gamine était tiraillée entre ses parents divorcés, sa mère à Vannes et son père à Saint-Cloud, la semaine chez l'une et le dimanche chez l'autre, elle en avait marre des trains de grandes lignes, elle voulait aussi la moto.

Passoveur dépouilla le courrier avec plus d'impatience qu'un second tour de scrutin. Les deux étaient intimement liés. Lecoq lui raconta comment de Funès, grimaceux cocu, s'était retrouvé en caleçon à fleurs défilant sur les Champs-Élysées avec les paras du Congo, il en riait encore de sa télé du dimanche. Passoveur s'en voulut de confier des responsabilités à un tel abruti, il se renfrogna en pensant à Coudtrijk. Coudtrijk regardait-il aussi de Funès à la télé ? Ça en avait tout l'air. Il n'avait pas reçu de lettre aujourd'hui. Il pensa à arrêter le bras de Coudtrijk mais la mort était la seule possibilité qu'il lui restait de posséder Lucinda. Il ne voulait pas qu'elle reparte aux Indes ni en Laponie ou à La Garenne-Colombes. Il la voulait dans le petit cimetière de Saint-Gildas, il avait déjà commandé les fleurs.

Panzer retrouva Hermann à l'hôtel des Rois Nègres. Les deux hommes se connaissaient de longue date et se respectaient mutuellement. Ils avaient massacré les mêmes Nègres au Congo, ils avaient mangé dans la même assiette, ils avaient baisé les mêmes antilopes. Panzer était devenu un kamikaze à la recherche d'impossibles exploits, Hermann s'était à demi casé en devenant un grossiste du crime. Ils mangèrent une énorme choucroute dans une grande brasserie des Champs-Élysées. Panzer avait touché un joli paquet pour descendre un salopard de Corse. Panzer, comme Hermann, n'aimait pas les Méditerranéens. La Méditerranée commençait sous les Ardennes, elle arrivait jusqu'au Rhin, une vraie marée noire.

Hermann expliqua à Panzer qu'il fallait tuer une poufiasse et mettre le meurtre sur le dos d'un ringard. Bien sûr il faudrait tuer le ringard. Bien sûr, dit Panzer en riant. Il se foutait pas mal de tuer Pierre ou Paul. Un ordre de mission, il voulait, pas plus. Il n'avait jamais vraiment quitté le Congo. Baobab ou béton, manioc ou steak-frites, pour lui c'était du kif, il chaloupait sa carrure gorille sans prêter attention à l'environnement. Il ne tuait pas par plaisir ni par appât du gain. Il tuait parce qu'il ne savait rien faire d'autre.

Tu as fait quelques mouvements d'assouplissement devant la glace. Tu avais revêtu un polo clair et un jean savamment délavé. Tu as passé sur ton épaule la bandoulière d'un sac Céline pour homme, le sac était lourd.

Dans le sac il y avait le MAB. L'avenue Victor-Hugo était bien calme, la fille de la gardienne jouait à la balle sur le trottoir. Elle t'a lancé la balle et tu la lui as renvoyée. Tu as eu envie de foutre le MAB au caniveau et de continuer à jouer avec la gosse. Mais tu voulais savoir pourquoi La Morve se prenait pour Géronimo. Tu n'avais rien contre Géronimo, La Morve depuis toujours aurait été bien mieux chez les cisterciens ou les psychiatriques.

Tu as pris le métro à Victor-Hugo, changé à Barbès où tous ces bougnoules seraient mieux chez eux, tu es descendu à Clignancourt. Tonton devait toujours tenir son vieil étalage de fripes mitées, guidons de vélo, élastiques à chaussettes, capotes anglaises usagées, tout au fond des Puces, le long du périf, après les jeans amerloques et les gandouras, plus loin que les derniers marchands de frites, là où personne n'allait jamais. La seule chose que Tonton vendait bien, c'était un bout de ficelle qu'il faisait passer pour une ceinture de dominicain ayant appartenu à Luis Mariano du temps où ce dernier fit retraite dans un monastère. Tonton vendait bien trois ou quatre ficelles par lundi. Il ne travaillait que le lundi, effrayé par la concurrence des deux autres jours. Tonton s'asseyait sur un pliant et regardait passer la journée sur un de ses vieux réveils sans aiguilles. Tonton ne vieillissait pas.

Tu suivais le périf sur le trottoir opposé aux commerces, la foule se ruait sur les fringues, tout le monde tenait à être boudiné par Lévi's, tu as refusé une montre en or comme on en trouve à soixante-quinze francs dans les drugstores, papeteries, et des photos cochonnes à dégoûter de l'amour.

Tous les stands diffusaient du disco-reggae-punk martelé sur les pavés par les talons fuyants des bottes mexicaines. Une bonne moitié des badauds ci-présents appartenait à la tribu des Oreilles-Percées. Mais en avançant, du côté de chez Tonton, c'était plutôt les Nez-Rouges. Tonton n'était pas à son stand. Négligence. Il avait laissé un tuyau de poêle, comment va ?... et quelques ficelles. Sans Tonton les ficelles étaient orphelines, personne ne les aurait adoptées. Tu es allé au rade jaune canari qui fait le coin, un Verchuren maghrébin plissait son instrument sans couvrir les propos d'ivrognes, c'était tous hépathiques citron, siroteux cirrhotiques, couperosés d'Anjou, allez reconnaître Tonton dans une telle assistance... C'était pourtant bien lui, anodin dans son coin, fort envapé d'alcool, yeux mi-clos, il fredonnait *La Paimpolaise* en se balançant sur son siège...

— Salut Tonton ! Un canon ?

— Bois pas avec n'importe qui ! Qui qu'êtes-vous ?

— Vous me remettez pas ?

L'œil vitreux de l'ancien marin perça le brouillard jusqu'au bleu de tes yeux.

— Jamais vu.

Il repiqua du nez dans sa boisson.

— Je suis négociant en vins ! as-tu annoncé.

— Dans mes bras, fiston, que puis-je pour toi ?

— Je veux voir Morvan. C'est urgent.

— Morvan... Urgent... Tu t'occuperais pas plutôt de casiers judiciaires que de casiers de bouteilles ?...

— Voici ma carte, as-tu répliqué en lui mettant sous le nez un rond de bière en carton.

— Excuse-moi fiston.

Tonton ne savait pas lire. Tu lui as pris la main et vous avez traversé la salle. Le soleil fit ruisseler la face cramoisie du vieillard.

— Tonton, conduisez-moi à Morvan, c'est important.

Le vieux a posé son front collant sur ton blouson, il s'est redressé et t'a conduit en te tenant la main par un dédale de vieilles rues, le ciel et les maisons vous tombaient sur la tête, Tonton vacillait mais ne tombait point, il marchait dans le caniveau en tapant du bout du pied contre le trottoir comme un aveugle, tu le dépassais de trois têtes, tu semblais promener un vieux gosse idiot, Tonton a entendu la scène de ménage, c'est bientôt, a-t-il affirmé, il t'a traîné dans une petite cour, vous avez escaladé un escalier tordu comme un Van Gogh, Tonton est entré le premier, tu as touché le flingue dans ton sac à main, Morvan a levé les bras au ciel, le flic !

C'était toi.

Tu aurais pu expliquer ta démarche à Morvan, t'excuser de ta ruse auprès du débris éthylique. Mais pas à l'autre. Celui qui était assis à califourchon sur un siège de camping. Celui qui t'a braqué sous le nez un flingue énorme en te disant d'entrer, cheune hômme, schön home ? pas vraiment, le sourire du candidat sur les affiches te glaçait.

Tu as cherché des mensonges pour expliquer ta visite mais Panzer s'est levé, il t'a contourné et tu as à peine senti le coup sur la nuque, l'accordéon a expiré et tout le vin de Tonton s'est mis à couler de ta bouche, le candidat des affiches te fixait de son œil unique, et le bandeau noir s'est agrandi démesurément, comme un drap qui t'a enveloppé.

Le dragon noir est descendu de ses montagnes et s'est arrêté, arrogant, devant ton nez pour te lancer un défi. Par qui était-il mandaté ?... Un chevalier teuton ?... Un duc de Bretagne ?... La Morve a attrapé le cancrelat et l'a écrasé entre ses doigts.

Tu étais allongé sur un lit de camp, sur le ventre, pieds et mains liés. Ta joue s'écorchait sur l'étoffe rugueuse. Tu as vu tes vêtements roulés en boule au milieu de la pièce. Tu as compris que tu étais nu dans un lit qui n'était pas le tien. La Morve baissait la tête, joignait les mains, marmonnait des choses incompréhensibles. En te tortillant, tu as vu Panzer, le gros boche, il cuisinait sur un camping-gaz. Panzer n'avait rien d'un cordon-bleu.

Tu as cherché Tonton en vain. C'était idiot, mais la présence du vieux t'aurait réconforté. Il faut qu'un œil soit ouvert ou fermé, tu n'arrivais pas à te décider. Panzer s'est accroupi devant toi, tu as écarquillé les yeux. Son visage brutal aurait pu être plaisant, voire séduisant, s'il avait exprimé quelque humanité. Mais ses yeux clairs étaient angoissants, comme deux petites lucarnes ouvertes sur le vide.

Il t'a giflé, aller-retour.

— Réfeille-toi ! Enkulé !

Tu avais les fesses en l'air. Avaient-ils l'intention de te farcir.

— Il y a méprise, as-tu murmuré.

Panzer t'a giflé derechef. C'était La Morve qui cuisinait, à présent. Tu n'avais pas faim, allons allons, c'est à la bonne franquette.

— Qu'est-ce que vous voulez, as-tu pleurniché.

— Ach ! Che fais t'ekspliquer... d'abord, c'est chentil de nous rendre fizite, figure-toi que mon ami La Morfe a perdu la trace de sa bien-aimée. Il croit safoir où elle se kache. Et toi, tu es fenu nous le dire... Korrect ?

— Je comprends rien.

Panzer t'a pincé le nez en serrant très fort, il a secoué, tu as ouvert la bouche pour respirer et quand il a lâché ton nez, tu as refermé ta bouche sur le canon du Mauser.

— C'est un choli cigare que tu fumes là. Tu feux que che l'allume ?... Ah ! Ah ! La Morfe t'a fu l'autre chour avec la fille et un hômme qu'il a déchà fu. Tout laisse à kroire que la fille se kache chez l'hômme. Korrect ?... Ya ! Korrect ! Alors ékoute : où habité l'hômme. ?...

Panzer a retiré le Mauser de ta bouche. Tu as respiré très fort. Je t'avais laissé mon adresse, devant l'école l'autre soir, rue de Naples, tu l'avais notée sur un vieux ticket de métro. On se téléphone et on se fait une petite bouffe...

— Je sais pas, as-tu répondu courageusement parce qu'en fait, tu avais tout oublié de l'adresse et du ticket.

— Ach ! Ch'aime pas ça. Au Katanga aussi, ils safaient pas, et ils finissaient touchours par se souvenir...

Panzer s'est levé. Il a arpenté la pièce. Il a saisi une bouteille vide par le goulot et il l'a fracassée contre l'évier. Tu as fermé les yeux quand il s'est approché de toi. Il a piqué une des pointes en verre contre ton dos, le sang a perlé. Tu ne voulais pas crier. Tu ne voulais pas qu'il décharge son Mauser dans ta nuque bouclée. Tu as crié, un cri étouffé, quand il a enfoncé le goulot de la bouteille dans ton anus vierge.

— La Morfe ! L'huile !

— Arrêtez ! as-tu supplié... Tu ne savais pas quoi dire... J'aime l'Allemagne, as-tu clamé, je vais à Bayreuth tous les étés, je chéris Goethe et les autobahn !...

Je corresponds avec Greta et Erika !... J'aime le jambon et la saucisse !

— Ta gueule ! La Morfe, l'huile !

— Elle frémit à peine, balbutia La Morve, attends encore un peu.

— L'huile !

Le goulot de la bouteille te blessait et pas seulement dans ton amour-propre. Des larmes de honte ou de colère, de trouille peut-être, mouillaient tes yeux. Panzer est allé prendre lui-même la petite casserole, il te l'a mise sous les yeux.

— Aukun soufenir ?

La Morve s'est alors approché de toi. Il était décomposé. Il t'a agrippé les oreilles et a supplié :

— Parle, mais parle, espèce de con ! Tu l'as bien cette adresse ! Sur un calepin ! Son nom ! Rien que son nom ! Il est bien sur un Bottin !

— Le métro ! as-tu soupiré, le métro ! le ticket, dans ma poche...

La Morve a fouillé tes poches, il a trouvé, écrit à la hâte, Ramier J.-Claude, 12 r. Naples, deuxième classe. Tu t'es détendu. La Morve a jeté l'huile dans l'évier. Panzer ruminait en agitant son flingue, il s'est rapproché de toi, il a appuyé le canon sur ta tempe, tu as serré les dents.

— Détache-le, a-t-il ordonné à La Morve.

# CHAPITRE DIXIÈME

Colin Ramier, absent.

Quel motif Juliette allait-elle inventer pour justifier l'absence de son fils à l'école ? Certes les derniers jours, on ne travaille plus vraiment, mais quand même, quel motif allait-elle trouver pour justifier son absence à elle du domicile conjugal ?

Les embouteillages ? Le beau temps ? Sa mère souffrante ? Ou simplement la cruauté mentale de son époux, non, je ne suis pas un cruel mental.

Si cette absence de Juliette se consommait en parties fines avec Lucinda, encore, ça justifierait la colère de Juliette, j'aurais l'impression inédite de vivre une aventure, mais je fume n'importe quoi, je bois tout mon bar, j'ai pas même un ami à qui me confier, à trente ans, je voudrais retrouver Lucinda, elle n'a pas pu partir comme ça, c'est elle qui m'a alpagué, est-ce qu'elle m'a trouvé beau au moins ?

Je me suis regardé dans la glace. Une barbe de trois jours. Un pyjama crasseux. Des yeux vitreux. Un raton-laveur à la dérive.

Je me suis recouché. J'ai fermé les yeux. L'heure ne

tournait pas plus vite. J'ai mangé des cacahuètes. Je suis allé aux chiottes avec un journal. Je n'avais pas vraiment envie.

Je suis descendu faire quelques courses.

La grande crémière m'a un peu rappelé Lucinda, sauf ses biceps d'haltérophile. Elle s'appelle Huguette Bénard et elle sait tâter n'importe quel fromage. Elle m'a fixé dans les yeux et j'ai senti la pression du pouce d'Huguette sur le cœur du camembert, elle me l'a tendu, six francs trente, à suivre, et j'ai vu Lucinda disparaître dans l'étiquette sur l'étiquette de l'étiquette comme un vertige et la crémière m'a rattrapé dans la rue pour me rendre ma monnaie. Je n'avais pas le cœur à manger du camembert bien fait, je l'ai posé sur le rebord de la fenêtre pour qu'il pourrisse, lui aussi.

Mon bras me lançait de temps en temps, j'ôtais mon bandage, je le remettais, je regardais par la fenêtre. À trois heures j'ai allumé la télévision, c'était une émission pour les femmes au foyer. L'animatrice ressemblait à Lucinda. La télé, c'est fantastique, on y voit les gens qu'on aime, et même si c'est pas vraiment les mêmes, c'est bien quand même. Mais je m'en foutais de cette émission et j'ai éteint. J'ai regardé le téléphone, muet et con comme un électrophone sans disque, j'ai entrepris des mots croisés, il y avait trop de cases noires, je devais être très dépressif. J'ai pris un bain, le troisième de la journée. J'étais dans la baignoire quand on a sonné. J'ai pensé à Juliette, repentante, le gosse à la main, je regrette Jean-Claude, je n'ai rien compris, tu dois être si malheureux, j'ai été ouvrir, je n'avais qu'une serviette de bain enroulée autour de la taille.

Ça n'était pas Juliette, c'était deux hommes et j'ai

bien vu qu'ils ne venaient pas me vendre des savonnettes. Le plus gros avait l'air affable mais j'ai reconnu le faciès vicieux jaunâtre de l'autre, quoique il restât en retrait sur le palier.

Ils se sont introduits chez moi avant que je ne les aie invités à le faire. Le plus gros m'a saisi sous les épaules et m'a déposé tout mouillé sur le canapé du salon. Ensuite il a fermé les rideaux et j'ai fermé les yeux.

Panzer s'est regardé dans la glace. Il s'est adressé un sourire en passant sa grosse main dans ses cheveux ras. Les choses allaient plus vite que prévu, Hermann serait satisfait.

Il avait pris, comme convenu, contact avec La Morve. Il avait été surpris qu'Hermann ait pu engager un tel pantin. Aucun enthousiasme ni coopération, pas d'initiatives personnelles, mais enfin, le parfait futur cadavre qu'il lui fallait.

Même l'arrivée inopinée du petit flic parfumé avait servi ses plans. Il n'allait pas tarder à savoir où était la fille. Ensuite, il jouerait sur du velours.

Panzer aurait préféré liquider le petit flic, La Morve avait dit qu'on ne tue pas un flic, qu'il tenait à sa peau, lui. Panzer n'avait pas pu expliquer à La Morve que de toute façon... C'est La Morve qui s'était chargé de ce flicaillon parfumé Dior, il lui avait fait avaler deux pills d'acide de sa pharmacie abjecte, et il l'avait largué sur le périphérique une heure plus tard, entre les portes de Clichy et d'Asnières, contre la rambarde centrale. Une automobile lancée tranquille à cent vingt à l'heure allait sans doute l'écharper. Sinon, il se ferait ramasser par les

CRS, drogué à mort, il mettrait au moins vingt-quatre heures à pouvoir épeler son nom.

Les mains dans les poches, La Morve fumait sans arrêt, il s'en voulait de faillir au vœu d'abstinence qu'il avait formulé la nuit même. Panzer lui déplaisait. Pourquoi Hermann avait-il dépêché en renfort ce mastard brutal ? Qu'allait-il advenir de M. Soucotte, sur son bout de périf ; qui s'occuperait des chiennes abusées si M. Soucotte venait à disparaître ? Et ce petit ci-devant binoclard, qu'allait-il lui advenir ? L'huile frémissante entre les fesses, à lui aussi ? Cette cuisine n'allait pas tarder à devenir fastidieuse. Il y avait divergence de méthode entre La Morve et Panzer. La Morve comprenait la mort, Panzer n'était qu'un balourd meurtrier. Une machine.

Panzer s'est assis près de moi sur le canapé et j'ai ouvert les yeux. La Morve nous regardait en se rongeant les ongles, tu veux les miens ?

Panzer m'a pris par le cou, comme au cinéma deux amoureux. Il m'a expliqué pesamment mes intérêts de parler, que j'étais un brave petit con, un pépère pantoufle, qu'on me voulait pas de mal et que tout irait bien. Sans parler des fautes de syntaxe qui l'auraient fait échouer au certificat d'études. J'ai pardonné la syntaxe. Pour le reste, je savais pas où elle était, moi, Lucinda. Tu penses bien que si je l'avais su j'aurais été près d'elle, susurrant mélopeur, à ses genoux. Panzer ni La Morve n'auraient compris de tels sentiments extraconjugaux. Ils s'en seraient foutus comme de leur première chaude-pisse. Pour eux, j'étais un simulateur, un don juan, un fourbe qui les daubait, c'est ceux qu'ont pas l'air qui sont les plus retors !

— Habite-t-elle ici ?

— Non, que moi, même ma femme est partie.

— Est-ce que tu l'attends ?

— Oui... Non, elle viendra pas.

— Qu'est-ce que tu faisais avec elle ? Comment tu la connais ?

— Je la connais pas, très peu, elle a des cuisses maigres, trois points de suspension sur la nuque, elle hurle pour un oui, pour un non.

— Tu la baises ?

— Non !

— Où elle habite ?

— Je sais pas.

— Salope ! Tu mens. Tu le sais et nous aussi. Elle habite ici, maintenant. Tu veux qu'on te montre comment on fait parler les menteurs ?

— Je mens pas.

— Tu veux savoir comment ton copain a réagi avec une bouteille dans le cul ?

— J'ai pas de copain.

— Parle !

— Laissez-moi, je sais rien, je suis un minable, un petit, un binoclard, je peux rien vous dire, si vous me touchez, j'hurle.

— Quoi ? Tu hurles ? Vas-y, hurle.

Panzer a sorti son Mauser. J'ai pas hurlé, je me suis caché le visage entre les mains, je n'ai pas pleuré, je n'avais pas la force, j'aurais pleuré pour Juliette, pour Colin, pour Lucinda. Pour moi, ça n'en valait pas la peine. Je me disais que ça n'en valait pas la peine, une goutte m'est venue dans les yeux, ça n'était pas une larme, ça ne pouvait pas être. La Morve a dit que je savais rien, je l'aurais embrassé pour tant de clairvoyance.

— Ferme ta gueule ! a dit Panzer.

Celui-là, c'était un obtus. Un borné, un obstiné, un homme de caractère. Il s'est levé. Il a déchiré la photo de Colin réalisée sur papier mat par mon beau-frère qui a un Reflex. J'y tenais à cette photo, et j'ai rien dit. Il a cassé un petit vase en grès qui datait de nos premières vacances, Juliette et moi, dans le Massif central. J'ai rien dit. Il a arraché les fils du téléphone, il a démonté la télé et a cassé toutes les petites lampes, on l'avait payée à tempérament cette télé, j'ai tiqué un peu, j'ai rien dit. Il s'est déboutonné et a pissé sur le lit, sur notre lit, il a vu le portrait de Juliette sur la table de nuit et il a dit qu'elle était grosse et moche, qu'elle avait l'air con, et je sais très bien que ça n'est pas vrai, Juliette est juste un peu enveloppée, elle a ses défauts, qui n'en a pas, j'ai pensé à Juliette pour ne plus voir ce gros con saccager ma vie, et peut-être qu'elle l'était déjà, mais n'importe qui n'a pas le droit au coup de grâce, j'ai pensé très fort à Juliette et c'est alors que les larmes me sont venues, que j'ai supplié non, arrêtez, il a encore bousillé la chaîne hi-fi, l'autre écrasait ses cigarettes sur la moquette, l'air absent, il est allé dans la cuisine et est revenu avec un Côtes-du-Rhône entamé, il l'a fini, l'autre lui a pris la bouteille des mains et l'a brisée contre le mur. Il tenait le goulot dans sa main droite, il brandissait son arme improvisée, il m'a demandé si je voulais qu'on m'élargisse. Élargir quoi, élargir qui, ça a plusieurs sens dans notre langue française ce verbe, ça il ne savait pas, le rustre, je tremblais de tous mes membres, La Morve regardait par la fenêtre, il faisait pas attention aux rideaux, il faisait des trous, des rideaux en macramé, achetés aux Puces, ces gens-là ne savent pas la valeur des choses, ils savent trop peut-être, je me suis effondré et Panzer est revenu s'asseoir près de moi, dis-nous où se cache ta grosse ?

Il parlait de Lucinda qui n'est pas grosse, vrai fil de fer, je sais pas moi, bon Dieu, je sais pas !

— Tu vas nous forcer à être méchants !

— Tuez-moi, je sais rien...

— Il sait rien, a dit La Morve.

— Ta gueule, a répondu Panzer. La Morve était le sous-fifre, ça, je l'ai bien vu.

— Il sait rien, merde ! a gueulé La Morve.

Panzer a braqué La Morve avec son flingue. La Morve a ricané, pauvre con. La Morve Il avait pas peur des armes à feu. Il a sorti ses mains de ses poches, il a fait un geste obscène à l'intention de Panzer. Ils ne s'intéressaient plus à moi, je me suis levé rapidement, je me suis élancé mais le pied de Panzer s'est avancé devant mes jambes et je suis tombé, j'ai voulu réajuster ma serviette de bain mais Panzer me l'a arrachée, il me l'a mise autour du cou, il a serré. Il riait. Il ne me regardait pas, il regardait La Morve. La Morve a eu l'air dégoûté, il a dit à l'autre qu'il pouvait me tuer, le minable assassin. Panzer a lâché sa prise et j'ai pu respirer.

Amuse-toi, connard ! a craché La Morve, et il est parti. Je voulais pas qu'il parte. Pas qu'il me laisse seul avec Panzer. Panzer s'est agenouillé sur mon dos, il était lourd. Il a pris mon bras blessé et en a ôté le bandage. Il a passé ses ongles sales sur ma blessure, j'ai étouffé un cri, j'avais le nez sur la moquette mais je savais qu'il jouissait, alors avec un verre effilé de la bouteille il a recreusé ma blessure et j'ai crié, il m'a donné un coup sur la tête, la ferme ! et il m'a tordu le bras derrière le dos, je sais rien, je sais rien, je pleurais, j'ai cru qu'il m'avait cassé le bras, je tremblais en sanglotant, il m'a retourné pour voir ma gueule, saisir la sincérité de mes propos, j'ai vu sa grimace de dégoût, il m'a appelé lopette, il m'a écrasé les couilles et il est parti en claquant la porte, c'est gentil d'être venu.

Je suis resté longtemps dans la même position. Je voulais pas bouger mon bras, j'ai senti le sang qui coulait de ma blessure ouverte. Je voyais l'appartement conjugal, il avait détruit tous les objets qui avaient ponctué, comptabilisé les années passées, je voulais plus que Juliette revienne, je voulais avec moi quelqu'un de blessé, de fragile, quelqu'un dont l'âme est dévastée comme mon passé, Lucinda, je voulais Lucinda et j'ai eu peur pour elle.

Tu as bien ri quand ils t'ont déposé sur le périf. Merci beaucoup, tu as fait au revoir de la main, des automobilistes vraiment charmants, quel carrosse !

Citrouille. Si leur carrosse redevenait citrouille, il allait se faire écrabouiller, non, ne ris pas, le moindre camion aux freins défectueux allait leur passer sur le rable, merde. Vanitas !

On t'avait greffé deux jambes en plastique rose bonbon anglais, des jambes de petit polio, c'était plutôt coquet, et ça fonctionnait bien, ce qu'ils vont pas inventer !

Vrououoummmm !... ça rasait tes petites mécaniques sur lesquelles tu claudiquais, le rail, ne pas perdre le rail. Aller jusqu'au bout du rail, un kilomètre à pied, ça use, mais un éléphant ça trompe énormément, quel éléphant ? c'était idiot, pourquoi un éléphant, holà ! les phares, hé ça va pas ! il fait pas nuit, encore que le ciel soit d'une couleur bizarre, ils ont dû le repeindre, enfin, c'est plus mode, c'est vrai, ça avait sérieusement besoin d'un bon coup de pinceau !... C'est pas mal, c'est nouveau, faudra s'y faire, il s'en trouvera toujours pour dire que c'était mieux avant, des rétrogrades !... passéistes... mais là, sur les antennes, ce gros furoncle noir ? Le géant serait-il atteint ? Bléno ?... Bah ça, il aura pas duré comme Ramsès, et ils défilent, vroum vroum, on vient voir ça en famille, avec des mots gentils pour la télévision.

Que s'est-il passé ?... Elle m'attend pour le cocktail

Maurice, non, pas Maurice, comment déjà ? Edwige, oui, ou Gina ! Brigitte !... Raquel !... Flafla ! Flanelles ! Cocktail ! Ils vont froisser mon smoking, ces cons !... Vrououoummm !... Smoking, schmock king ! King kong de show-bizz, bisous !... Et pas un chien ! Ah si j'avais ma planche à roulettes, je leur montrerais ! Vrououoummm !...

En rusant peut-être, à quatre pattes, ils me croiront des leurs !

Tu as marché quarante-cinq minutes, dont le tiers à quatre pattes, avant qu'un automobiliste ne s'arrête. Une femme. Tu as bien ri en la voyant. Citrouille. Elle avait un peu peur, mais elle t'a casé derrière, tu t'es allongé.

Tu n'as pas su qui elle était, tu t'es réveillé à l'hôpital Bichat, tu as vomi des tonnes de marchandises, non, pas de questions, plus tard les interviews... Tu avais des yeux démesurément grands. La bouche actionnée par des ficelles de marionnettiste. Quand tu as pu parler, tu n'as pas su quoi dire. Quand tu leur as dit d'aller vite 12, rue de Naples, chez Ramier, ils ont dit oui, reposez-vous, le docteur va venir, quel docteur ? Olivenstein ? Quand ils sont venus chez moi, je n'y étais plus.

## CHAPITRE ONZIÈME

Je ne suis pas raciste. Je ne l'ai jamais été et ne le serai jamais. Mais il faut bien admettre que si quelqu'un a le droit d'être raciste en France, c'est nous, les Blancs, les pures souches. Pas eux. Certes ils sont opprimés qu'ils disent, exploités, etc. C'est une chanson qu'on connaît. Bougnoules !

Alors quand le type m'a dit dégage, j'ai pas apprécié. Déjà que Juliette était partie, avec mon petit Colin, que mon appartement ressemblait à Constantinople après le passage des croisés, que Lucinda me dansait dans la tête, que mon bras me faisait souffrir le martyre. Dégage, qu'il a dit. J'étais soûl. C'est une chose qui peut arriver à tout le monde, c'est un drame moderne, un fléau. Bourré comme une huître. La musette !...

Je n'en pouvais plus. Quand je me suis relevé, tout à l'heure chez moi, je n'ai pas pu rester, je suis descendu, j'ai marché. Je n'ai jamais tant marché dans Paris depuis mai 68, je suis arrivé rue Danton, sous les fenêtres de Lucinda, à l'heure de la sérénade. J'étais passé par les Grands Boulevards, la rue Saint-Denis, les bars à putes et les bouis-bouis, j'étais là, sous ses fenêtres, je suis monté, j'ai sonné, ça n'a pas répondu, j'ai frappé, resonné, j'ai dit c'est moi, Jean-Claude, tu peux m'ouvrir, elle n'était pas là, je me suis fait agonir par les voisins, je suis descendu, je suis entré dans le premier rade, j'ai bu en surveillant la porte de son immeuble, et puis sans surveiller la porte. Mon bandage ne tenait pas, il était taché de sang et se barrait en couilles j'allais fréquemment aux chiottes, je pissais en m'appuyant à la porte, loin de la cuvette, j'en foutais partout, y compris sur mon pantalon, sur mes souliers, sur mon bandage.

Il y avait des Arabes qui jouaient aux cartes, tu vois je dis des Arabes, pas des crouilles, il faut être tolérant, sinon ça serait plus vivable avec tous ces métèques, ils s'engueulaient, ils faisaient du bruit, on s'entendait plus là-dedans, j'ai dit fort pertinemment qu'on n'était pas à Alger, Paris VIe ici, un peu de silence, merde, ils n'ont pas fait attention, je me suis approché pour les faire chier, j'ai dit que Mohammed avait deux as et des sept. Mohammed s'est levé en colère, il m'a dit dégage, holà ! j'ai répliqué, un peu de respect, je suis ici chez moi, j'attends une amie ! Une Blanche !

Il ne m'a pas vraiment frappé, il m'a juste bousculé, je me suis effondré sur un coin de table, puis dans la sciure. J'ai pris le coin de table dans la gueule, ça pissait le sang, merde, j'ai passé ma langue sur le devant, j'avais une dent en moins. Je l'ai cherchée sous la table, elle y était, je l'ai mise dans ma poche, à tout hasard, le patron m'a attrapé par un abattis, il m'a passé un coup de serpillière sur le visage, j'ai dit que je devais faire la peau à Mohammed, Mohammed s'est marré, ta gueule, le patron a dit pas d'histoires et il m'a foutu dehors. J'ai dit attention, je reviendrai mais j'étais déjà sur le trottoir.

Je me suis assis sous un porche et j'ai attendu. Des amoureux se sont bécotés près de moi. J'étais content que Mohammed m'ait frappé, il aurait pu frapper plus fort, sa susceptibilité devait déjà être bien émoussée. Sous mon porche, là, j'étais mûr pour le coup de grâce.

Mais je n'intéressais personne.

Je n'étais pas le seul à être fin soûl, ce soir-là. Morvan faisait ses adieux à la Seine. Il émigrait. Savait pas où mais émigrait. Dieu lui avait conseillé de plus verts pâturages.

Tonton n'en crut rien. Prétexte à écluser, sans plus.

Après trois litrons chacun, ils allaient mieux. Le candidat des affiches leur faisait de l'œil. Tonton chantait en gaélique. Ils descendirent chez le vieux bougnat, l'escalier sur les fesses, la ruelle en se cramponnant au rebord des fenêtres.

— Je marche droit, s'étonnait Morvan, Dieu m'assiste !

Personne chez le bougnat, normal, un lundi soir. La télé qui nasillait. Le bougnat sortit un kil et leur mit sous le nez, qu'ils se débrouillent.

— Tonton, je veux plus les voir !

— Qui ?

— Hermann, Panzer, les dévoyés, les suppôts, je ne veux plus que bambins psalmodiant dans des nefs d'églises, jeunes épousées vêtues de tulle blanc, communiants, dévots, je crois que je ferais un honnête bedeau... Il faut qu'Hermann le sache.

— Bois !

— Patron ! Le téléphone !

Le patron prit le téléphone sous le comptoir et composa le numéro que La Morve avait griffonné sur un paquet de cigarettes. Il attendit, il passa le combiné à son fidèle client.

— Hermann ?

— Oui, qu'est-ce qu'il y a, qui c'est ? grogna le Belge.

— Hermann, c'est moi ! Ne m'en veux pas !

Tonton chantait à tue-tête, Paimpol et sa falaise.

— La ferme Tonton ! J'ai Hermann au fil !

— Germanophile, moi ? C'est pas vrai, j'aime pas les boches, j'aime Paimpol et sa falaise !

— Hermann, c'est Tonton, il est soûl ! Tu te souviens quand tu m'as engagé, Hermann ? Quand tu me refilas tes listes...

— Philatélistes ? hoqueta Tonton, qu'est-ce que c'est que cette histoire de timbrés, foutre merde ?... Son église et son grand pardon.

— Oui, Hermann, tes listes secrètes ! avec les noms des tueurs disponibles, genre agence pour l'emploi, travail temporaire, et bien tu peux me rayer, j'arrête !

— Eh bien arrête, merde, j'en ai rien à foutre ! Merde !

— Comprends-moi Hermann ! Te braque pas ! J'ai occis tant...

— Occitan ? Tonton allait de surprise en surprise, qui est occitan ici ? Moi je suis breton ! Il entonna : je suis breton, c'est là ma gloire, mon espérance et mon soutien !

— ... et tant de pauvres malheureux, passés de vie à trépas, et sans les sacrements, tu me comprends Hermann ?

— Très bien, reste où tu es, mon petit Morvan, j'arrive boire le verre de l'amitié. Attends-moi sagement, tu n'as qu'à boire un verre ou deux, tu mets ça sur mon compte. Attends.

— Merci, Hermann, tu n'es pas si mauvais.

— Tonton, dit le neveu ému, Hermann arrive, il faudrait faire une grande fête !

— Panzer, dit Hermann, revenu dans le salon de l'hôtel des Rois Nègres, tu viens avec moi, le copain débloque, il est mûr pour nous donner, histoire qu'on fasse notre salut ! Nous, on va lui faire nos salutations. Prends la MAT, on va arroser ça, à notre manière... Il a déjà une ardoise chez son bistrot, maintenant c'est une tuile qui va lui tomber sur la gueule.

La Simca 1100 grise que Panzer avait louée à son arrivée à Paris s'engagea sur les boulevards extérieurs, elle passa devant l'hôpital Bichat où tu reprenais progressivement tes esprits.

Hermann tenait le volant. C'était une manière de ne pas tenir le fusil mitrailleur. Il jouissait de participer à cette expédition où lui-même, il y était décidé, ne prendrait aucun risque. Panzer avait posé son arme sur ses cuisses, il écrasait son nez contre la vitre de la portière et contemplait le spectacle des rues désertées par tous ces médiocres qui s'agitaient pendant la journée. Ils dormaient ces cons, ils avaient eu leur dose de boulot, de télé, de pinard, ils avaient tiré un petit coup d'asticot avant de s'effondrer en sueur sur l'oreiller.

Ton oreiller était humide et chaud. Tu étais affublé d'un pyjama bleu pâle, propriété de l'Assistance publique. Tu ne savais pas si les flics m'avaient retrouvé, en quel état. Tu ne savais pas même si tes dires avaient été pris au sérieux. Tu t'es redressé sur les coudes, la salle était obscure, juste une vague lumière blanche derrière la fenêtre.

La Simca est sortie de Paris, elle s'est engagée dans des rues mal éclairées qu'Hermann cherchait à reconnaître. Panzer voyait mieux, ses yeux perçaient l'obscurité, il devait être environ minuit, peut-être un peu moins. Je me souviens avoir regardé ma montre, une relique qui date de ma communion solennelle. J'étais toujours sous mon porche. Ce trou dans ma denture m'inquiétait, les fenêtres de l'immeuble de Lucinda s'étaient éteintes une à une, entre dix heures et minuit. Je me suis redressé, mes jambes me portaient, j'ai traversé la rue et je me suis engouffré dans l'immeuble. Un chien a aboyé.

Lucinda n'était pas si loin. Dans un hôtel pour provinciaux, près de Saint-Placide, elle avait disposé sur sa table de nuit les cent tickets ramassés dans la culotte de Spencer, elle jouait avec. Elle prit une douche et appliqua les billets sur sa peau mouillée J'étais derrière la porte de son studio, rue Danton, le chien qui aboyait, c'était celui de Janet, si le chien était là, Lucinda allait revenir, elle ne laisserait pas tomber le chien comme elle m'avait laissé tomber, ce chien n'était pas si vilain.

Tu as renoncé à retrouver tes vêtements. Ils devaient être dans une consigne quelconque. Tu sentais un bourdonnement dans tous tes muscles. Une fébrilité. Ta mâchoire surtout, tu aurais été incapable de parler. Tes gestes étaient mécaniques, saccadés, tu as marché autour de ton lit sans prendre de décision. Pourquoi Edwige n'était-elle pas venue te chercher ? Elle était peut-être venue, repartie. Et Lola ?... Ça râlait, ça s'époumonait, ça ronflait dans cette salle d'hosto, tu pensais à un petit cul rose. Tu as déambulé dans la salle. Ils étaient tous gris, laids, malades. Lola était fraîche et juteuse. Tu as vu une forme blanche, tu t'es caché, accroupi derrière le lit d'un malade, la forme ne bougeait pas, tu t'es approché. C'était une blouse d'infirmière. Les infirmières ne ressemblent jamais à Lola Stern, sauf dans les pornos débiles.

Hermann a garé la Simca devant le vieux rade du bougnat. Le rideau de fer était déjà descendu d'un tiers, mais avec la crasse sur la vitre, de toute façon, on n'y voyait rien, dedans. On voyait de la lumière, c'était tout. Hermann regarda Panzer. Panzer attendait un ordre. Hermann aurait aimé arroser derrière la vitre et s'éclipser presto.

On aurait pris ça pour un coup de racketteurs. Qui aurait pu vouloir racketter un boui-boui aussi infâme où les bouteilles d'orangeade sont recouvertes d'un centimètre de poussière, capsule rivée par le sucre ? Panzer sortit de la voiture, il en avait marre de la position assise. Un vieux chat galeux vint se frotter les poils contre ses bas de pantalon. Il l'attrapa par la peau du cou et le hissa à la hauteur de son visage. Le chat couina, mais Panzer le posa sur son épaule, une vraie plate-forme, et le chat y resta en équilibre en ronronnant. Hermann surveillait son acolyte.

— J'y fais, murmura Panzer en se baissant vers l'intérieur de la voiture.

— Mais comment ?... Il y a peut-être foule là-dedans...

— Tu fieillis, Hermann, tu feux des kadafres, n'est-ce pas ?... Tu ne feux pas laisser kourir cet empafé ! Reste-là au folant, laisse faire ton fieux copain...

Hermann n'aimait pas ça, il aurait mieux fait de laisser

Panzer jouer tout seul. Il serait resté à l'hôtel, il aurait commandé une pute bien chaude, Panzer serait rentré, mission accomplie. Il n'aimait pas ces maisons insalubres, cette odeur de pauvreté qui s'accroche aux vêtements, il n'aimait pas le réverbère au bout de la rue, ni ce troquet en ruine, ni la Simca 1100. Il n'aimait pas non plus ce cinéma que se jouait Panzer. Panzer aimait trop la mise en scène. Il allait entrer dans le rade, bonsoir messieurs, avec le chat sur l'épaule et la MAT sous le bras. Hermann avait passé l'âge du western.

Le visage de Panzer s'est éclairé d'un sourire, il a levé le pouce, ça ira, et ouvre tes yeux.

Il a posé la main sur la poignée poisseuse.

J'ai refermé délicatement la porte derrière moi. Ça n'avait guère pris plus d'un quart d'heure. J'avais remarqué précédemment que le verrou ne tenait pas, à l'intérieur, j'en avais même fait la remarque à Lucinda, c'est pas prudent avec tous ces cambrioleurs. En trifouillant ma clé dans la serrure, j'ai fini par actionner le loquet, le plus dur était de maintenir le loquet tiré, et de pousser simultanément assez fort, et silencieusement cela va de soi, pour faire céder le verrou. Après plusieurs tentatives malheureuses, je venais de réussir.

Le chien, qui avait fini par se taire, aboya de plus belle en me voyant. Il me lécha les socquettes, jappa de joie, tourna autour de moi. J'ai pris le chien dans mes bras et je l'ai embrassé. Je suais comme une bête, il a passé sa langue sur mon front salé, sur mes joues, sur mes lèvres, dans l'appartement de Lucinda, un si joli bâtard, affectueux, Lucinda, ma Lucinda, nous nous sommes couchés sur le lit défait.

Le lit défait, personne dedans, l'infirmière siffla entre ses dents. Sa blouse ! On lui avait piqué sa blouse. Elle se mit à courir, clic clac, sur le carrelage entre les rangées de lits. Elle descendit les escaliers, se retrouva dehors, entre les bâtiments de brique sale, les jardinets pisseux, les thuyas crevards.

Tu étais plus loin, en pantoufles, pyjama AP et blouse blanche. Tu as mis tes mains dans les poches de la blouse et tu es passé sans rien dire, l'air soucieux, devant la guitoune d'entrée.

Ou de sortie. Guéri. Bandard. Complètement speed. Crève Ramier, crève, hein ? Tu t'en foutais pas mal du pauvre Ramier ! Tu avais une bête furieuse entre les jambes, tu voulais Lola Stern, la bête te conduirait, les yeux fermés, tu trouverais le repaire de la petite. Tu achèterais des sucreries à un distributeur, tu voulais des baisers sucrés, des entrecuisses barbapapa.

Je sais bien que c'est pas un sujet de conversation, le racisme. Mais quand même, mon Mohammed, il m'avait bien foutu sur la gueule, non ?... Eh bien, Morvan Lespinguen, Celte à peine dégénéré et pourtant pas autonomiste, il n'avait pas encore raccroché le combiné du téléphone qu'arrivent cinq Arbis, pas raloufs pour deux sous, beaucoup plus proches de Margnat-Village que de La Mecque. Ils bousculent Tonton, maltraitent le bougnat, ils se croient dans un quatre étoiles ! Ils veulent des spiritueux, des alcools fins ! des douceurs !...

— Hé ! Du calme ! a sommé La Morve, c'est pas le ramdam que je sache !... Allez donc boire un thé à la menthe chez Zazou Frères !

C'est toujours le même scénario, ces histoires, on n'y

peut rien, c'est à cause du teint basané, de l'accent, ça les fait repérer tout de suite, c'est tout de suite les boucs émissaires, je dis boucs, parce qu'on sait à présent ce qu'ils leur font, aux chèvres.

Le bougnat a lancé publiquement un appel au calme et à la modération. Traître ! Collabo ! Il vendrait sa mère, sa sœur, sa germaine au harem pour quelques sous de bénéfice que lui reprendra le fisc ! Des gens sans moralité !... Il baiserait les pieds du grand muphti pour une gouttelette de benzine en plus dans son réservoir d'aoûtien !... Il se ferait même décapsuler le masculin pour plus de connivence. La Morve se dressa contre la coalition bougnat-bougnoules.

— Patron, vous déshonorez votre race ! lança-t-il, vous déclassez votre estaminet !

— Bretons go home ! répliqua l'Auvergnat.

— Bois un coup, mon frère ! temporisa un immigré.

— Ouais, confirma un autre, bois le coup, on a gagné au Loto !

— Je bois ! dit Tonton en levant son verre.

La Morve dévisagea Tonton. Il pactisait. Il était plein. Et son verre vide. La Morve surveilla sa gauche et sa droite, il était seul contre tous, il fallait qu'il boive le calice jusqu'à la lie. Il leva son verre en signe de reddition.

Tu marchais sur la chaussée, en t'appuyant sur les automobiles garées le long du trottoir. Tu tordais les rétroviseurs avec un ricanement imbécile. Les taxis de nuit te rasaient le pyjama. Moins de risque de se faire culbuter par un fou du volant que par un parc-mètre ou une poubelle sur le trottoir. Pas question de héler un taxi, tu étais sans un, et rien dans les poches de la blouse.

Lundi soir, Lola ne pouvait être qu'à la Langue de Chat, à michetonner des vieux pervers pépères encore verts.

Tu marchais, frénétique en pantoufles, jusqu'à la Langue de Chat, rue La Boëtie. Tu as distribué quelques bras d'honneur à l'adresse des curieux qui ralentissaient pour observer pantois ton accoutrement, tu avais du feu dans les veines, c'était le speed de l'acide. Les noctambules qui fumaient une cigarette sur le trottoir devant les boites ou les cafés s'effaraient idem de ta tenue, et merde !... Tu as vu les oreilles et la langue s'allumer, s'éteindre, tu as descendu les deux marches vers la porte en métal à facettes, tu as sonné.

La petite lucarne s'est ouverte et tu as dit miaou, le mot de passe, la porte s'est déverrouillée et tu l'as poussée brutalement, tu étais fort comme Popeye mais tes spinaches étaient hallucinogènes, un cartoon pour adultes. La fille du vestiaire a cru aussi à l'hallucination, elle n'avait pourtant pris qu'un jus d'ananas. Elle t'a laissé passer, tu as dévalé l'escalier, en bas, c'était nœuds pap'et pop zizique, petits gars en alpaga, petites nanas en zanana, pas beaucoup de vieux, c'était tout frimousses, fumée menthol, vodka orange, ça ronronnait dans les coins, ça frétillait sur la piste, ça sentait le pain d'épice, on y venait sucer des roudoudous quinze ans d'âge. Avec ton pyjmagouse, t'avais tout du barbon qui vient rechercher son Agnès après la permission de minuit. Quelques lazzis, une hilarité de bon aloi ont salué ton apparition, connards merdeux, demi-sel. Antoine, le barman, est venu vers toi.

— Ta gueule !

— Mais c'est vous, monsieur Virgile ! Qu'est-ce que vous faites dans cette tenue ?

— Cette tenue ?... Pauvre Antoine ! T'as pas lu les faits divers sur les effets d'été, le pyjama-pantoufles, on porte plus que ça à Saint-Trop, à Miami, à Malibu, renseigne-toi ! Aisance et souplesse, on en fait même en chantoung, en satinette, en bourrette de soie, en alpaga !

C'est là qu'il t'a alpagué, pour le compte. Lola ! tu as crié, le scandale. La musique gueulait plus fort que toi, t'étais pas assez disco pour ameuter les danseurs. On t'observait à distance, t'étais un flippé, un maboul. Antoine t'a pris sous le bras, allez venez.

Tu lui as planté ton coude dans le sternum, il s'est plié, tu l'as attrapé par les épaules, où est Lola ?

— Monsieur Virgile, c'est pas bien ce que vous faites, vous n'êtes plus dans la police...

Tu l'as giflé, le gamin. Les danseurs ont arrêté de tourner, les verres sont restés suspendus aux lèvres, le disc-jockey a coupé la sono. Tu n'as vu personne. Ils étaient tous autour de toi. Tu ne voyais plus que ton pyjama, tes pantoufles et tous ces regards ont tressé des liens pour t'étrangler, tu as porté tes mains à ta gorge, tu as eu besoin d'air. Tu as senti une main fraîche sur la tienne.

— Lola ?

Ça n'était pas Lola, c'était Joséphine, une petite créole que Lola t'avait déjà présentée.

— Lola n'est pas ici, elle ne viendra pas, je vais vous trouver un taxi, venez, laissez-moi faire... conseilla-t-elle d'une voix douce et sucrée, fondante à ton oreille.

Tu t'es laissé traîner jusqu'à l'escalier. La rue. La petite t'a parlé de Lola, elle ne pouvait pas venir, tu la verrais demain, et que Lola t'aimait beaucoup, elle parlait de toi, mais c'était là, tout de suite, que tu voulais Lola.

C'était pas la peine, pour le taxi, tu préférais y aller à pied. Joséphine t'a dit qu'elle retournait à la Langue de Chat, tu as insisté pour qu'elle fasse un bout de chemin avec toi. Elle avait des jambes fines sous une robe de coton imprimé, des épaules rondes et ambrées, tu marchais à côté d'elle sans la toucher, elle parlait sans cesse la même mélopée chantante, tu as insisté pour prendre un raccourci. Un néon a éclairé son visage, la lumière s'est reflétée sur ses lèvres charnues, avait-elle vraiment des yeux coquins ? La rue était déserte, tu as attrapé Joséphine par la taille et tu l'as attirée contre toi. Elle a posé ses petites mains contre tes épaules, pour te repousser, non, il ne faut pas, mais tu n'avais pas débandé depuis Bichat, tu l'as tirée sous un porche, elle a voulu crier mais tu as su la convaincre, que la honte rejaillirait sur elle, elle t'a encore parlé de Lola, qu'il ne fallait pas, mais sa bouche avait l'air trop tendre, tu as écrasé tes lèvres sur cette bouche, elle a détourné son visage, tu lui as léché les épaules, tu as sucé ses cheveux, elle faisait semblant de pleurer, des larmes de crocodile, elle doit pourtant aimer ça, la salope, vous vous êtes effondrés sur une poubelle, la nuit était moite, tu tremblais, Joséphine suppliait non-non, mais ça faisait partie du jeu bien sûr, tu l'as retournée contre la poubelle, tu as enfoui ton visage dans sa nuque et tu as relevé sa robe de coton imprimé, tu as enfermé ses poignets fragiles dans tes mains d'homme, tu l'as recouverte de ton corps, elle ne pouvait plus qu'attendre. Un rat est sorti de la poubelle. Elle l'a senti en elle, immense. Elle n'a pas gémi.

Panzer a poussé la porte du rade, il a fait un pas. Il avait le chat sur l'épaule, le fusil mitrailleur sous le bras, il souriait à d'éventuels admirateurs. Son sourire s'est consterné, le chat a sauté sur le comptoir et la MAT n'a pas aboyé.

Personne ne s'occupait de lui. Le patron était accroupi derrière son zinc, la queue du chat se mélangeait à ses moustaches, il attendait. Ali, le grand vainqueur du Loto, était couché sur La Morve sous une table chancelante, pas question de bisous sucrés comme à la Langue de Chat, non, querelle d'ivrognes, la trêve avait été de courte durée. Deux autres basanés arbitraient le combat de façon honteusement partiale et je ne suis pas chauvin. Tonton était plus loin, dans les chiottes, il mangeait le papier-cul que les deux derniers infidèles lui enfournaient dans le gosier.

Les bouteilles vides roulaient sur le carrelage vineux ; les verres cassés jonchaient le sol. Panzer pointa son arme vers le dos d'un des arbitres et tira trois balles au coup par coup, il avait visé les jambes, l'homme s'écroula en hurlant et gigotant, le sang pissait dans là sciure, les combats cessèrent entre La Morve et le Loto. L'autre arbitre leva les mains en l'air sans se retourner. Le patron risqua un œil entre les oreilles du chat. Panzer avait frappé les trois coups de son entrée en scène, il jubilait. Les deux des chiottes laissèrent Tonton finir seul, ils déboulèrent de leur tasse à fond et se plantèrent devant la MAT, médusés, bras écartés. La Morve cramponnait Ali contre lui, cachette ou bouclier.

— La Morfe, je t'ai fu !

La Morve fit celui qui n'avait rien entendu, la conne

autruche. Ali aurait aimé se relever, mais La Morve le tenait par les revers de veste, il voulait vivre encore un peu.

— La Morfe, un peu de dignité defant la mort !

Merde à la dignité ! Aux chiottes la mort ! La Morve avait une mission évangélique à accomplir, il le savait depuis cette nuit où Dieu lui avait parlé entre quat'zyeux. Et Panzer était trop brutal, La Morve préférait encore l'alcool ou le tabac.

L'Arabe blessé gémissait dans son sang, appelez une ambulance ! Il n'intéressait personne. Panzer savait tous les regards braqués sur lui. Il gonfla la poitrine. Il trouvait qu'il avait un beau port de tête, mais les autres lui trouvaient une belle tête de porc, avec son teint frais et ses cheveux ras.

— La Morfe ! Lâche cette sous-merde qui te sert de rempart et lèfe-toi defant la mort ! Ou je descends tout le monde, un par un !

Panzer braqua son arme sur la poitrine du plus proche. L'homme écarquilla les yeux, ça n'était pas possible un tel pays, les Parisiens libérés vous crachent dessus à longueur de page, les vieilles vous piquent votre place dans le métro, on vous entasse à quarante dans des chambres insalubres, on baise qu'avec des putes granuleuses et ménopausées, et si on gagne le Loto, on envoie un sbire vous flinguer aussi sec, non, c'est pas possible. Sans parler des brutalités policières !

Pimpon-pimpon ! Pimpon-pimpon !

Qui donc ? Eux ? Le patron rota de soulagement derrière son comptoir, il tira la queue du chat comme une chasse d'eau sur tous ces emmerdes. Panzer se raidit. Il se retourna. La camionnette Citroën noir et blanc arrivait à fond la caisse, dans la rue sombre, Panzer vit la Simca 1100, il pensa à Hermann, il fallait d'abord tuer La Morve, mais les flics ?

Le patron les bénissait, il avait appelé le commissariat dès que l'altercation entre ses consommateurs de races différentes avait mal tourné, il eut la force de se servir une lichette de blanc.

Panzer avança vers La Morve, merde aux flics, il voulut tirer sur l'amalgame Ali-Morvan, mais une espèce de bicot, de quoi se mêle-t-il, avait saisi le canon de la MAT entre ses mains sales. Il était costaud, le mec, Panzer le foudroya du regard, il avait négligé son public, le type se mit à gueuler dans une langue barbare, on est plus chez nous, et le deuxième lui prêta main-forte. Panzer vit le regard de La Morve, derrière son rempart, il lâcha l'arme et se précipita sur la crevure. Il prit un pied musulman chaussé de babouches améliorées dans les parties et rugit de rage et de douleur, les trois Arabes debout lui sautèrent sur le râble, La Morve lâcha Ali et rampa vers la sortie. Les flics descendaient du car, il vit une Simca 1100 démarrer sur les chapeaux de roues. Il plongea dans l'obscurité. Il fit trois pas et s'engouffra dans une cour.

Les flics envahirent le troquet. Un Arabe gémissait dans son sang. Trois autres maltraitaient un Blanc. Querelle raciste ? Rixe ? Règlement de compte ? Un des Arabes était détenteur d'un fusil mitrailleur, arme prohibée. Ils emmenèrent tout le monde au poste, y compris le blessé, qui serait plus tard détourné vers un hôpital.

Le bougnat renonça à expliquer quoi que ce soit. Le Blanc avait l'accent allemand, les autres étaient des ratons. Il n'aimait ni les uns, ni les autres, qu'ils se démerdent les métèques, on les a pas invités !

Tonton passa sa nuit dans les tasses, à dérouler le papier si peu hygiénique qu'il avait dans l'estomac. La Morve s'endormit dans sa cour, taquiné par les anges du ciel et les rats d'égout.

## CHAPITRE DOUZIÈME

Et ce chien qui me suçait les orteils.

Je savais pas même son nom. Médor ? Le jour blanchissait un lé de ciel, au-dessus des toits. J'avais entamé un polar au milieu. C'était ma vie ce truc, je feuilletais les premières pages pour savoir ce qui avait bien pu se passer, je comprenais rien à ce qu'on me racontait, je n'avais aucune envie d'aller plus loin tant il me semblait que ça ne serait encore que turpitudes et avanies. Je me suis endormi dessus. Pas longtemps, Lucinda me passait sa langue râpeuse dans les narines, non, c'était le chien. J'avais un mal de crâne pas possible. J'ai avalé une boîte d'aspirine pour me faire croire que ça irait mieux. C'était con, cet appartement. Le lit sentait plus le chien que le parfum de Lucinda. J'ai fouillé un peu partout. J'aurais voulu une photo, un bijou, quelque chose à elle.

Et j'ai trouvé tous ses papiers. Je n'aurais pas dû mettre mon nez là-dedans, mais son écriture c'était encore elle, des pleins comme ses lèvres et des déliés comme ses jambes, j'ai caressé son écriture, j'ai lu malgré moi. Il y avait des lettres, des factures, des cartes postales, de tout. Sa mère s'était remariée.

C'était écrit noir sur blanc, là sous mes, yeux, sur le seul document que je n'aurais pas dû lire, son journal intime. Il y avait beaucoup de prénoms d'hommes, Jacques, Phil, bien d'autres, des aveux gênants, des désespoirs et des joies, des petits bonheurs de rien, toute une vie griffonnée à la hâte. Ça m'a rappelé des poèmes que j'écrivais jadis, je les récitais à maman, elle souriait avec condescendance, elle s'en foutait bien mal, de la poésie, elle avait un rôti au four, demain, le dernier tercet... Je lui aurais bien récité un poème, là, à maman, les sombres désespoirs et les fidèles toutous, et Lucinda, perdue, à qui réciter ses ennuis, ses peurs ?...

Je me suis rincé la bouche dans l'évier, ma dent me manquait aussi, je l'aimais bien cette molaire, j'étais sale comme un goret, pas rasé, mon bandage en charpie. À qui Lucinda récitait-elle ses poèmes secrets ?

J'ai pris le métro pour Montparnasse.

Panzer expliqua au commissaire qu'il était un ressortissant de nationalité allemande, très sensible à la culture française et aux Folies Bergère, pas du tout bandabadère, le fusil mitrailleur, c'était pas le sien, non, c'était les Arabes, lui simple touriste germanique, égaré en banlieue, aux prises avec des individus de type douteux si ce n'est méditerranéen et de plus considérablement avinés. Le commissaire s'excusa humblement avec un doux sourire, il présenta également les excuses de son gouvernement et fit mettre Panzer sous les verrous pour l'assassinat de Hyacinthe Basta-Césari. À cause de sa trop grande ressemblance avec le comédien Jacques Dutronc, Marcel Lumière, dit Bel-Œil, play-boy sans envergure ni moralité, avait été appréhendé moins de cinq heures après le meurtre. Il était aussitôt passé aux aveux spontanés tant il tenait à garder son surnom.

Hermann ne se tracassait pas pour Panzer. Panzer pouvait bien être arrêté, il se pendrait dans sa cellule, il se suiciderait dans son bunker, on le retrouverait tôt ou tard, défilant sur les Champs-Élysées, bronzant dans la Pampa, bardé de décorations et de fric, fructifiant ses actions et éduquant ses Nègres, Panzer glissait en roue libre dans le sens de l'histoire.

Hermann se tracassait pour sa petite affaire. La Morve avait joué les donneurs. Il faudrait s'occuper sérieusement de son cas. Plus tard. Pour l'instant, il fallait s'armer de courage et de diplomatie et aller trouver le commanditaire, cette affaire lui sortait par les yeux, à Hermann, il allait rendre le fric au Breton et prendre un peu de repos là-haut, chez lui, entre Ostende et Knokke-Le Zoute. Le commanditaire ferait la gueule, ces gens-là n'aiment pas qu'on les dérange dans leur intimité. Mais Hermann n'aimait pas l'intimité de ce type-là. Il fit téléphoner aux réservations, gare Montparnasse. Les genêts étaient-ils encore en fleurs ?

Les billets étaient éparpillés dans la chambre. Lucinda, dans le lit, caressait machinalement son sexe, sans plaisir ni conscience. Un homme la prenait par les épaules et la faisait asseoir sur un petit banc, sa mère était à côté d'elle, souriante, il faisait beau. Et le petit train avançait entre les arbres et Lucinda riait, sa mère lui cachait les yeux, qui c'est ? Elle ôtait ses mains et Lucinda se retournait. Alors elle criait, la femme qui lui avait caché les yeux n'avait pas de visage, elle portait un masque blanc, sans yeux ni bouche, Lucinda cherchait son père, mon père, je veux mon père, elle regardait derrière mais ne voyait plus que les arbres qui rétrécissaient au fur et à mesure que le train s'éloignait et qu'elle grandissait, le train continuait, il tournait entre les arbres, entre les gens et les pays, et il revenait à son point de départ, ça avait coûté trois francs cinquante, et son père était là, il la prenait sous les bras pour la faire descendre, et sa mère portait une longue jupe plissée soleil, très floue dans la lumière, comme les rideaux poussés légèrement par le vent, là, dans la chambre de cet hôtel minable.

Lucinda prit une douche, elle bourra son sac de voyage et le ferma. Elle descendit, paya la nuit et remonta la rue de Rennes.

Elle avait vu des pins, des eucalyptus et des cocotiers, des Blancs, des Noirs et des Jaunes, l'Europe et l'Asie, elle avait pris des michelines, des autorails et des trains à vapeur, il lui restait un train à prendre, elle voulait revoir son enfance, comme une cousine éloignée, recluse au fin fond de la mémoire.

Juillet n'avait pas même commencé et la gare Montparnasse ressemblait déjà à une vaste cabine de plage, ça n'était qu'épuisettes, valoches bourrées, transistors couinants, chapeaux de paille et bermudas, vélos pliants, poêles à frire, autocuiseurs, gosses énervés, mamans inquiètes, pères affairés, tu sais où t'as mis les billets ? et puis des chats, des chiens, le museau dans la musette, en souffrance, et mouchoirs qui volent, folles équipées, congés payés, des cuisses promises aux coups de soleil et d'autres aux plaisirs, mais quels plaisirs, où le plaisir ? Bonjour-bisou, yop-la-boum sous la tente et bonsoir, au suivant ? Comme Lucinda, une aventure d'été ? Sans même un petit yop-la-boum ? Non, c'est autre chose, ça ne pouvait être qu'autre chose. Même après tout ce que j'avais pu lire d'affligeant dans son journal, je ne pouvais pas croire que Lucinda m'avait traité comme un flirt de juin, je n'étais pas une passade, pas un homme comme moi. Un homme comme qui ? Comment ?... Je ne comprenais pas encore, je me croyais en complet-veston peut-être, mais j'avais la gueule de bois, je me prenais les pieds dans mon bandage poisseux, j'avais une barbe piquante, Juliette ne m'aurait pas reconnu, elle aurait fait un détour pour ne pas me donner une pièce. Même en rampant, j'y aurais été, en Bretagne, pas pour les crêpes ou les fest-noz, pour elle, Lucinda, ma sirène, elle m'appelait en ultrasons.

J'ai payé mon billet avec une carte de crédit. J'ai même pas pris de retour. J'ai composté mon billet, je faisais épouvantail aux oiseaux migrateurs, on s'écartait, je suis monté dans le premier wagon, on m'a piétiné, injurié, tout est réservé, qu'on vous dit ; Mémère, viens t'asseoir, on va te piquer ta place ! J'ai déambulé de wagon en wagon, en escaladant des piles de valises, en m'accrochant à des hameçons de cannes à pêche, en m'aplatissant, pardon merci, entre les vitres et les voyageurs debout, j'ai fini par m'asseoir au fond d'une voiture, ou au début, je ne savais pas dans quel sens on partirait, près des chiottes. J'ai senti le train s'ébranler sous mon cul, ça y était, on partait. Ça défilait encore pas mal dans le couloir, ça cherchait son siège, la voiture tant et les sièges côté fenêtre, non fumeur. J'ai vu peu à peu les toits des immeubles laisser la place au ciel, c'était pas une affaire, à cause du soleil. Je commençais à somnoler quand un type m'a bousculé, je ne me serais pas fâché et pourtant il s'est excusé très poliment, ce qui s'explique parce qu'il n'était pas français, un Suisse ou un Belge d'après son accent, je ne savais pas encore.

L'express Paris-Quimper aurait pu traverser ta chambre, il ne t'aurait pas réveillé. Tu dormais, Virgile, tu voulais continuer à dormir le plus longtemps possible, encore un peu, tu avais toujours dit ça, encore un peu d'enfance, encore un peu d'amour, de jeu, de fillettes, et c'était pourtant trop tard pour jouer avec les fillettes, alors tu dormais, pour ne plus voir les fillettes, ou pour ne plus te voir, dans la glace de la salle de bains, pour ne pas voir Edwige, ne pas l'entendre, ni le chien, qui aboiera les premiers reproches, ne pas le descendre et ne pas passer devant la bignole qui dira c'est un joli toutou, une belle fifille, et qui le caressera mais pas toi, elle ne dira pas il est gentil le petit Virgile, non, dors, la bignole n'est pas si familière, dors sinon le chien tirera la laisse et tu te retrouveras dans la rue, comme un passant qui n'a rien vu passer, dors, tes chatouilleuses, tes allumeuses et tes coquines sont devenues pétasses flétries, leur sous-pull les boudine, leur maquillage dégueule, elles sont mégères et revanchardes, elles ont troqué les talons aiguilles pour des aiguilles à tricoter, elles tricotent le temps, elles font avec, elles le comprennent, elles n'auront pas compris que tu aies voulu jouer à la main chaude avec une petite créole de quinze ans, elles sont là, derrière la porte de la chambre, alors dors, même si c'est pas des berceuses qu'elles chantent, toutes, la vieille Lola, la vieille Joséphine, l'Edwige gâteuse et la bignole et les passantes, elles ont des ciseaux énormes, pour te couper les couilles et les cheveux, pour mutiler tes derniers rêves et rétrécir ta vie, dors, jusqu'à ce que tu aies acquis le niveau de normalité suffisant pour sortir dans la rue, je sais de quoi je parle, j'ai vécu cette normalité assez longtemps, dors, et surveille tes propos, tes comportements, un testicule qui te démange, tu le grattes à la sauvette, et tu es dangereux maniaque, un bouton de veste qui manque et tu es bohème, négligé, hippie, sans respect de soi, allez dors, dors encore un peu, c'est pas l'express Paris-Quimper qui pourrait te réveiller, il avait déjà dépassé Chartres, la lourde nappe et l'océan des blés, comme un tableau mouvant sur la vitre où se reflétait le bout incandescent d'un petit cigare fumé en queue de voiture par un Suisse ou un Belge d'une quarantaine d'années, bien mis, et fort courtois, près de moi dont la normalité avait fondu comme un masque de cire près d'une flamme trop forte, une flamme vacillante entre l'amour et la haine.

La haine. J'avais cru haïr Juliette parfois, pour une soupe trop salée, pour une remarque vexante, mais c'était de l'indifférence déguisée, la haine, je commençais à la sentir en moi, diffuse et mal orientée, la haine pour tous ces vacanciers qui se foutaient pas mal de moi, pour Lucinda que j'aurais voulu étouffer dans mes bras, et surtout pour ce démon qui la tourmentait et qui se cachait en elle ou hors d'elle, je partais en guerre contre ce démon, elle avait besoin de moi, elle m'avait fait chevalier, à sa manière.

— Elle a besoin de moi... chevalier...

— S'il vous plaît ?

J'avais parlé tout haut. Mon voisin me fixa avec des yeux interrogateurs, des yeux bleus très clairs.

— Excusez-moi, dis-je, je rêvais, ça n'est rien.

— Vous êtes blessé ? me demanda-t-il comme s'il souffrait lui-même, il montrait mon bandage.

— Juste une écorchure, c'est rien, le rassurai-je en tentant de sourire poliment.

Il posa sa main sur mon bandage, il le tripota en faisant la moue.

— Huuum, c'est très mal fait, ça, il ne faut pas laisser ça dans cet état, attendez, j'ai dans ma valise de quoi arranger ça.

— Merci, mais je voudrais pas vous embêter...

— J'insiste, insista-t-il, je sais m'y prendre, vous verrez, j'ai fait ça souventes fois, au Congo, pendant la guerre.

— Vous êtes militaire ?

— Non, pas vraiment, j'ai été. Et vous-même ?

— Je suis... professeur de français. (J'ai eu l'impression de mentir.)

Il changea mon pansement tout en parlant. Il allait à Vannes pour affaires, il était belge, il s'appelait Hermann, et moi Ramier, Jean-Claude Ramier, mon rasoir était en panne, j'étais tombé dans l'escalator, et le bras sur un tesson de bouteille, ce qui expliquait mon état de façon tout à fait plausible, non ?

Et ça ne m'ennuyait pas du tout, je vous assure, qu'il me fasse la conversation.

— Vous êtes bien aimable, m'assura-t-il, c'est que le chemin de fer me rend malade, mais l'automobile, c'est encore pire ! C'est depuis une blessure à la tête, toujours ce satané Congo ! J'ai des vertiges...

— Ah ! oui, les vertiges, c'est douloureux.

Il m'offrit un de ses petits cigares, en France, on n'en trouve pas des pareils, il paraît, alors j'ai accepté.

— Et vous-même, qu'allez-vous faire en Bretagne ?

— Je vais voir une amie, répondis-je d'un air décidé.

Il me dévisagea des pieds à la tête, l'air de penser qu'un brin de toilette arrangerait mes affaires auprès de ma belle. Il n'en dit rien. Quelque chose finit par me gêner dans son comportement, il parlait d'un ton jovial et détaché, son regard froid semblait me traverser pour se perdre ailleurs, derrière l'horizon, il jetait un œil dans le couloir, puis vers l'accès entre les deux wagons, il tapotait la poignée de sa valise, ce qui me gênait en lui, c'est qu'il était inquiet, c'est pour ça qu'il parlait, il avait peur. De quoi un Belge venant en Bretagne pour affaires pouvait-il avoir peur ? D'une hépatite virale ? D'une pénurie de frites ? Il fumait trop, on était pas encore arrivé à Rennes qu'il avait déjà fini une boite de cigares. Il fouilla dans sa valise ; en se baissant il fit tomber son passeport d'où glissèrent quelques papiers personnels, qu'il ramassa promptement.

Il put enfin m'offrir un autre petit cigare. Je le pris d'une main tremblante. Que faisait la photo de Lucinda dans un passeport belge ?

Malgré, ou plutôt à cause, de ce point commun, Lucinda, que je venais de nous découvrir, je ne voulais plus que le Belge me fasse la conversation. J'essayais de cacher mon trouble, mais je me rendais trop compte que je bafouillais, je faisais semblant de m'intéresser au paysage, mais derrière les clochers de pierre grise, entre les nuages, je voyais Lucinda sourire sur la photo du Belge, c'était insupportable. Alors le train est entré en gare de

Rennes et je suis descendu acheter un sandwich. Je n'avais pas faim. Je suis remonté dans un autre wagon, où il ne semblait pas y avoir de Belge. Il n'y avait que de paisibles vacanciers avides d'air marin et de sable blond, de ventrées de fruits de mer, de repos. Il y avait aussi quelques bidasses qui fêtaient la quille, ils chantaient Zéro ! Zéro ! beurrés comme des petits Lu, rivalisaient de plaisanteries graveleuses, ils avaient dévalisé le marchand de bière, ils ont commencé à hoqueter dangereusement, à dégueuler des fleurs de houblon, j'ai effectué une retraite vers l'autre bout de la voiture, prudemment, en me faufilant, frôlant des nichons en T-shirt et des bedaines en pull marin, ça pique-niquait dans les compartiments, saucisson à l'ail et camembert, thermos, miettes de pain et pêches trop mûres dégoulinantes d'un menton l'autre. Et des gros pères la ronflette avachis sur l'épaule de leur voisine gênée de tant de familiarité, allez c'est les vacances, pas de manières. Les filets à bagages ployaient sous la charge excédentaire, ça menaçait comme Damoclès, comme des gros nuages sur les têtes, là, ces cheveux... non, c'est pas possible... C'était elle, assise côté couloir, Lucinda, en jean délavé, ses longues jambes croisées, l'air absent, je n'ai pas osé aller vers elle, j'ai attendu, que ce soit elle qui me remarque, qu'elle me sourit, j'ai passé ma main dans mes cheveux, dans une dérisoire tentative de coquetterie, je me suis quand même approché, jusqu'à ce qu'il n'y ait plus que la porte vitrée qui nous sépare, mon cœur battait trop fort sans doute, ça cognait dans ma poitrine, j'ai cogné à la vitre, toc toc, avec un sourire idiot, elle s'est retournée vers la vitre, a froncé les sourcils, je souriais, elle a replongé la tête dans un livre imaginaire, les yeux braqués sur ses genoux, j'ai eu envie de crier, un jeune homme m'a regardé avec un sourire narquois, qu'est-ce qu'il croyait ? que je draguais ? non, je la connaissais, je ne connaissais plus qu'elle, et elle ne semblait connaître que ses genoux qu'elle ne quittait pas du regard. Je me foutais des sept autres assis dans le même compartiment, je me suis infiltré à l'intérieur en tirant un peu la porte coulissante, je me suis penché vers Lucinda, j'ai murmuré son nom, elle a levé la tête et m'a regardé sans rien dire, elle a soupiré, je crois bien qu'elle a souri.

— Asseyez-vous sur mes genoux, vous gênez surtout pas !

C'est vrai que je commençais à m'étendre. La vis-à-vis de Lucinda n'appréciait pas, elle était jalouse, tous les regards étaient fixés sur moi, je voulais qu'elle dise quelque chose, pourquoi ne disait-elle rien ?

Elle a avancé sa main vers ma joue et a glissé son index sur ma barbe naissante, en souriant, puis elle a baissé les yeux, elle s'est pincé les lèvres. Elle a relevé la tête.

— Tu es gentil, Jean-Claude, mais c'est assez comme ça, crois-moi... c'est plus la peine, vraiment plus... t'as eu assez d'emmerdes comme ça...

Elle chuchotait, d'une voix très lasse et impersonnelle, elle récitait une leçon à un petit débile.

— Et ton gosse ?

— Il va bien, je l'ai envoyé en vacances, avec Juliette...

J'aurais voulu maintenir une conversation, même là, avec tous les autres tendant l'oreille.

Elle a hoché la tête, avec le même sourire figé, un sourire pour elle-même, un sourire de carmélite, comme si l'on se retrouvait après une très longue absence et qu'elle ait à présent quatre enfants et des pattes d'oie aux coins des yeux pleins de sagesse, et moi une vie à l'autre bout du monde, qu'on ne soit plus l'un pour l'autre qu'un très vieux souvenir...

— À présent laisse-moi, s'il te plaît, je t'assure que ça vaut mieux.

Elle a regardé mon bandage tout neuf, elle s'est tapé le front avec la paume de sa main ouverte, elle a refermé sa main et a regardé son poing comme s'il renfermait son secret, puis elle a rouvert sa main, le secret avait disparu.

— Tu vois, a-t-elle murmuré, il n'y a rien, il ne s'est rien passé, tu as ta femme, ton gosse, ton travail, et moi je ne suis pas là-dedans, dis-moi au revoir maintenant, Jean-Claude, je te promets qu'on se reverra, tout s'expliquera sans doute beaucoup mieux...

— Je ne veux pas te dire au revoir, tu peux comprendre ça !

— Ne crie pas, qu'est-ce que tu veux, à la fin ?

— Je veux comprendre, c'est tout, ai-je encore crié, je suis pas un Kleenex dans lequel on cache ses larmes, qu'on déchire et qu'on jette ! J'en peux plus, moi, j'en peux plus !

Elle s'est levée, m'a pris le bras et m'a sorti du compartiment, j'avais les yeux rouges.

— Lucinda, j'en peux plus...

— Tu ne sais pas ce que tu dis, Jean-Claude, tu vas partir en vacances, tu verras, je vais être dure, mais tu n'es rien pour moi, on ne se connaît pas...

J'ai alors écrasé mon nez contre la vitre, il pleuvait pour moi seul, j'avais une boule dans la gorge. J'ai cru qu'elle partait, je l'ai agrippée par les épaules, ne pars pas ! tu n'as pas le droit ! et elle s'est débattue, je voulais la tuer et l'embrasser, j'ai serré ses épaules très fort, elle a crié.

— Lâche-moi !

— Qu'est-ce qu'il se passe ? Qui a crié ? C'est le type, là, il est dingue ! Appelez un contrôleur ! Je suis médecin ! Le signal d'alarme ! Au fou !

— Lucinda !

Plus on m'agrippait de tous côtés, plus je criais, j'ai lâché prise, on m'a giflé, je me suis écroulé, j'étais vidé, anéanti, tout le monde me regardait et je voyais Lucinda, elle était à bout, elle a pris son sac et a disparu dans le couloir en bousculant tout sur son passage, je balbutiais Lucinda, et on m'a fait asseoir à sa place. J'ai caché mon visage dans mes mains, j'ai entendu que j'avais eu une crise, que même les barjots partaient en vacances et qu'on devrait pas laisser des types comme ça en liberté, après on s'étonne de tous ces crimes dans les journaux, que j'étais un malade et que j'avais l'air de me calmer, que j'allais peut-être dormir mais j'avais pas envie, toute mon âme bandait encore pour cette fille, je voulais pénétrer son cœur, même si c'était un viol, je ne savais plus que ça, un jeune homme a sorti de sa poche une boite de petits cigares et m'en a offert un avec un doux sourire, ça va vous détendre, je vous en prie, il me traitait en être humain, il se trompait, c'était des cigares belges, j'ai bousculé le jeune homme en me dressant brusquement sur mes jambes, j'ai rugi Lucinda, j'ai écarté les bras qui voulaient me retenir, je me suis lancé dans le couloir derrière Lucinda, je me heurtais d'un côté et de l'autre, je trébuchais, je hurlais.

Une petite goutte de sueur glissa le long de la tempe d'Hermann Coudtrijk, c'était le soleil brûlant derrière le carreau, bien sûr, mais peut-être la peur, qui transpirait ainsi comme un secret inavouable. Hermann avait eu peur chez La Morve, une sorte de peur poisseuse, diffuse et malsaine devant l'incontrôlable, il avait eu peur une deuxième fois dans la voiture, aux côtés de Panzer, une peur glacée, paralysante et absurde, et à présent il avait peur de rencontrer cet homme d'affaires provincial qui voulait un scalp pour sa collection et ne l'aurait pas, Hermann haïssait l'échec, il n'aimait plus les remontrances et les injures qu'il ne manquerait pas d'essuyer, alors pour l'instant, il essuyait son front luisant comme un miroir en fumant cigare sur cigare.

Un pisseur en attente devant la porte occupée l'égaya cinq minutes avec la pêche au lancer et les maillots de bain transparents, et après elles se plaignent d'être violées mais le feu faut l'éteindre, c'est comme l'histoire du pompier, regardez-moi ce cul.

Merde !

Eh ! attendez d'être sur la plage ! Il veut se la faire ici ?

Sur un plateau, on lui apportait sur un plateau ! Le visage d'Hermann s'éclaira. C'était elle, la grande bringue du contrat. Elle venait de passer d'une voiture dans l'autre, elle s'éloignait dans le couloir, avec son cabas à la main, Hermann se lança derrière elle. Son interlocuteur ne comprit pas cette fougue, Lucinda s'excusait, pardon, s'il vous plaît, en se faufilant derrière les fumeurs du couloir, Hermann était moins mince, plus violent, il bousculait les obstacles, il se faisait traiter de malotru, le vacancier lubrique près des chiottes vit débouler un tiers larron, rouge sans doute, et suffocant, hagard, je lui ai demandé :

— Vous n'avez pas vu une fille passer, des cheveux noirs, longs, un sac de voyage à la main ? Répondez nom de Dieu !

— Vous énervez pas, elle est là-bas..., ricana-t-il, mais y a de la concurrence ! Laissez tomber, sur la plage...

Je m'en foutais, de la plage. J'ai vu mon Belge aux cigares, et plus loin tout au bout du couloir, les cheveux noirs de Lucinda. J'ai crié :

— Lucinda ! Lucinda !

Les têtes ont pivoté vers moi, pas celle de Lucinda, elle était trop loin, j'ai vu les yeux du Belge, comme deux rayons laser, il ne comprenait pas ce que je voulais, il a culbuté deux grand-mères, les réunissant dans une étreinte contre nature, sous les yeux indignés de leur abondante progéniture, il pataugeait dans les sacs, les valises, les ventres et les pieds écrasés, Hermann n'avait pas besoin de palmes, il avait fait le Congo, les marécages et la forêt vierge, il sortit de sa ceinture un revolver à canon court, il s'en servit comme d'une machette dans cette forêt dense de bras et de cannes à pêche.

— Attrapez-le ! Retenez-le !

J'avais beau gueuler, le revolver faisait la loi, et mes cris devinrent inaudibles dans le brouhaha général des lardons qui piaillaient, des vieilles qui hurlaient, des goualantes des mères de famille, et Hermann avançait toujours, il piétinait des jeunes filles évanouies, dans les compartiments, les voyageurs descendaient les valises pour s'en servir de protection.

— Tirez le signal d'alarme !

Personne ne tirait, Lucinda avait disparu, je fus pris dans un tourbillon de jambes et de mains, des bouches me questionnaient, qu'est-ce qu'il se passe ? Les Brigades rouges ? Baader ? Mesrine ? Le gang du train postal ? Vous êtes de la police ?

Je fus submergé par le nombre, je m'enlisais, Machine réclamait ses sels et tel autre sa thermos, il fallait empêcher les plus déterminés de ne pas sauter par les fenêtres, et le contrôleur, où il était ? C'était sans doute un coup du FLB, du BZH, des Chouans, on se perdait en conjectures et en jactances, mais Hermann était plus loin, il avait franchi la lisière qui sépare le marécage grouillant venimeux de la clairière feutrée, il était dans les premières, son revolver contre sa cuisse, comme un fauve qui a perdu sa proie, il a ouvert quelques portières, des regards réprobateurs l'accueillirent pour se replonger dans la lecture du *Monde* ou du *Figaro*, il a visité chaque compartiment, méthodiquement, pas de Lucinda, son revolver lui brûlait les doigts, il a entendu un bruit derrière lui, tout au bout, un craquement, il s'est retourné, en ployant les genoux, il a fait feu, comme au tir forain sa balle fit exploser la pipe que venait d'allumer un candidat au cancer qui s'évanouit sur le champ, no smoking, please, le bruit de la détonation fit sortir quelques têtes curieuses et imprudentes, Hermann brandissait son revolver à bout de bras, sans savoir où tirer, il se mit à courir, d'une voiture à l'autre, en seconde à nouveau, resemant la panique, il avait perdu la fille, il savait qu'il la retrouverait, même s'il devait tuer tout le monde, il n'avait pas assez de balles, il tira quelques coups de feu en l'air pour écarter les inutiles, les gêneurs, il s'empêtra dans la foule, le bétail, les Nègres ou les insectes, les lianes et il crut voir Lucinda, en tout cas, c'était des cheveux noirs, il tendit son arme en essayant de viser, ça devait être elle, là-bas, il ne vit pas le petit chariot de rafraîchissements, poussé par un jeune chevelu à casquette, il pointa son arme vers la casquette, dégage, mais le chevelu fendit l'air avec son bras et planta son décapsuleur dans la gorge d'Hermann qui s'ouvrit dans un horrible gargouillis de siphon débouché, Hermann tenait encore son arme à bout de bras, devant les yeux du jeune homme, il n'en voulait pas au jeune homme, ni aux cheveux longs, non, ni aux Nègres ni aux insectes, il voulait entendre la voix de son revolver, son doigt devait appuyer sur la détente, il le fallait, mais une jeune femme décidée extirpa un harpon d'entre deux cannes au lancer et lui transperça vigoureusement le cœur.

Trois wagons plus loin, tout le monde voulait savoir ce qui s'était passé, mais personne ne savait, la rumeur franchissait mal le sas des premières, le train entra en gare de Vannes, je ne pouvais retrouver Lucinda dans ce merdier, ni savoir ce qui lui était arrivé. Et je devais descendre, et elle aussi, si elle était encore en vie.

Je suis retourné au bout de la voiture, pour m'apprêter à descendre, et j'ai vu la valise du Belge. Je l'ai prise et je suis sorti du train, il faisait chaud et tout le monde se pressait sur le quai.

Un haut-parleur a annoncé quinze minutes d'arrêt exceptionnel. J'ai attendu malgré les sommations de dégager. Je n'étais pas le seul, tout le monde voulait voir, savoir, pour raconter après, sur la plage, au pastis, entre deux crêpes une histoire croustillante, un fait divers tragique !

Mon poing se crispait sur la poignée de la valise. Je ne voulais pas imaginer que Lucinda, non, ça ne pouvait pas être ça, pas elle, elle ne pouvait pas être morte.

Alors la gendarmerie est arrivée, des flics bronzés en coton beige, compétents, efficaces, sobres. Ils ont écarté les badauds, j'ai vu un jeune homme à cheveux longs et raides, il avait l'air d'expliquer, il était pâle comme la mort, je n'entendais pas, j'étais trop loin, et une femme en colère, soutenue par un homme bouleversé, et les gendarmes ont emmené le jeune et la femme, et l'homme a pu venir aussi, pas moi, mais j'ai entendu que le jeune homme et la femme avait tué un homme, crime passionnel ? non, vous n'avez rien su, c'était un fou, il voulait tuer tout le monde, qui ? le jeune homme ? non, le mort ! c'était lui l'assassin ! hein Maurice, il m'a menacée ! Regardez le bleu qu'il m'a fait ! ça sera joli un bleu comme ça avec un corsage à manches courtes !

Et la foule s'est écartée. Un brancard est sorti dans un silence curieux, et j'ai vu les souliers du Belge, des mocassins bordeaux, un peu m'as-tu-vu, et le drap sur le corps, j'ai eu la nausée et j'ai dû aller vomir dans les chiottes de la gare.

La valise du Belge me rappelait étrangement le chien de Janet Jenkins, ses placards, et pourtant je ne l'aurais pas abandonnée là, comme le chien même, je me tracassais encore pour ce chien, c'était trop con, mais Lucinda avait disparu, je ne l'avais vue ni dans le train, ni sur le quai, mais il y avait tellement de monde.

J'ai posé la valise sur le siège des cabinets et je l'ai ouverte. Des slips, des chaussettes, un pantalon en toile de lin blanc, des affaires de toilette, une boite de petits cigares, des chemises bien repassées, un énorme pistolet, une vraie pièce de musée, semblable aux Lüger des gestapistes, mais c'était un Lathi finlandais tirant du 16 mm Parabellum, et tout au fond, un dossier, très confidentiel. Je n'aime pas buter sur des mots croisés. La lecture du journal intime de Lucinda m'avait permis de remplir quelques cases relatives à sa famille, la lecture des papiers de ce Coudtrijk défunt compléta quelques autres lignes au sujet de La Morve, de Panzer, et surtout de Jacques Passoveur.

Mais je ne pouvais pas définir Lucinda.

On s'impatientait à la porte des chiottes. Toutes ces émotions avaient causé des digestions douloureuses. J'ai refermé la valise et je suis sorti.

J'ai dû effrayer la femme qui attendait, mes joues piquantes, mes cheveux broussailleux et ma toilette négligée sans doute, et aussi cette haine dans mes yeux, une haine que je commençais à maîtriser, à qui j'avais trouvé un nom, Passoveur.

Seul Passoveur pouvait me faire retrouver Lucinda. J'étais tout près de sa tanière, et j'avais dans ma valise de quoi lui parler.

J'ai fait la queue pour un taxi. De l'autre côté de la place, une affiche du ciné-club local proposait en version française *Le Retour de Tarzan.* Johnny Weissmuller doit avoir quatre-vingts balais, une ceinture de flanelle, et une bouée en plastique pour patauger dans le bassin des enfants.

## CHAPITRE TREIZIÈME

La suite, il n'appartient ni à Virgile Soucotte, le flaireur d'animaux domestiques, le défenseur des pedigrees, le garçonnet fourvoyé, ni à Jean-Claude Ramier, le puceau de la jungle, de la raconter. Ils mentiraient trop, ou pas assez, ils inventeraient ce qu'ils n'ont pas vu.

Le premier trempait ses tartines d'aspirine dans un grand bol de bicarbonate saupoudré de bromure, ça ne pouvait que lui faire du bien. Le second sonnait à la porte de l'appartement des Passoveur, famille estimée dans la meilleure société vannetaise.

Il était environ quinze heures, ce mardi 20 juin.

C'est Geneviève qui est venue ouvrir.

Elle a vu la tête de Ramier, la valise, encore un témoin de Jéhovah, un marchand de biscuits hollandais, un revendeur de camelote fabriquée par des aveugles, elle a repoussé la porte, mais Ramier pour l'avoir déjà vu faire connaissait le truc, il coinça son pied, alors par l'entrebâillement Geneviève passa aux menaces :

— Partez ou j'appelle mon mari !

— Justement, madame, c'est lui que je veux voir, je

ne veux rien vous vendre et je pense que vous vous trompez sur mes intentions.

— Repassez un autre jour, dans ce cas, répondit Geneviève toujours méfiante en poussant la porte tant qu'elle pouvait.

— C'est impossible, madame, je suis venu spécialement de la capitale pour le voir, c'est une affaire personnelle et je suis sûr qu'il serait fort mécontent de savoir que je suis reparti sans le voir...

— Il est malade...

— J'insiste, c'est au sujet de Lucinda.

— Lucinda !

Geneviève crut se trouver mal, elle lâcha la porte et Ramier put dégager son pied qui retrouva une forme plus naturelle. Il entra en boitant.

Geneviève l'agrippa par les épaules et le secoua comme un prunier ou un flipper, selon qu'on est rustique ou moderne.

— Mais parlez, parlez, où est-elle, elle a un message pour nous ?

— Je suis désolé, madame, je suis mandaté pour parler à votre époux et c'est lui que j'aimerais voir.

Ramier luttait contre lui-même pour ne pas gifler cette pétasse excitée qui jamais n'avait rien fait pour sa fille quand elle aurait pu le faire. Jean-Claude avait lu le journal de Lucinda. Il connaissait Geneviève mieux que sa propre mère.

— Que se passe-t-il, bon Dieu de merde !

Ramier vit entrer un homme d'une quarantaine d'années, en costume fripé, la cravate pendante, les mains dans les poches et des poches sous les yeux. Il ne correspondait pas à l'image qu'il se faisait de Passoveur.

— Qu'est-ce qu'il veut ? lança-t-il excédé à Geneviève en désignant Ramier d'un signe de tête.

— Il dit qu'il sait quelque chose sur Lucinda, qu'il veut te parler ! fit Geneviève craintive.

— Lucinda ! grogna Passoveur en observant Ramier par en dessous, avec des petits yeux mauvais, Lucinda ! répéta-t-il pour lui-même en semblant se dégonfler comme une baudruche, vous êtes de la police ?

— Pourquoi la police, gémit Geneviève.

— Non, rassura Ramier, pas la police, puis-je vous parler seul à seul ?

— Venez, soupira Passoveur en retournant d'où il venait. Il semblait ne pas tenir sur ses jambes.

Ramier le suivit, tenant toujours sa valise à la main. Passoveur poussa une porte et se retourna :

— Qui êtes-vous ?

Il semblait connaître la réponse. Ramier avala sa salive, il était trop tard pour ne plus mentir.

— Je viens de la part de M. Hermann.

Passoveur baissa la tête, exsangue, puis il lança avec une moue désabusée :

— Elle est morte, n'est-ce pas ?

— Entrons là, s'il vous plaît, votre épouse pourrait nous entendre.

Ramier pénétra dans une chambre aux rideaux fermés. Dans la pénombre, il vit un poster de Lucinda riant sur une plage, elle semblait plus jeune, plus gaie, tout autre. Trois ou quatre horribles poupées gisaient sur la moquette, les yeux grands ouverts et les cheveux arrachés.

— Ça a été sa chambre, commenta Passoveur, à présent ça sert à tout, de débarras, de chambre d'amis, à l'occasion, sauf qu'on n'a pas d'amis...

Ramier clignait des yeux, il sentit un malaise l'envahir, cette chambre puait la pourriture.

— Vous venez chercher la deuxième moitié de la somme ? Il va falloir aller au coffre... J'avais dit à votre patron que je lui enverrais par la poste... Pressé ?

— Non, non, répondit Ramier laconique.

— C'est trop con, c'est vraiment trop con, soupira Passoveur.

— Quoi, demanda Ramier.

— Ça, mon petit gars, c'est pas vos affaires...

Passoveur tripota la robe d'une poupée et demanda à voix basse et très difficilement :

— ... et, comment ça s'est passé ?

— Quoi ?

— Sa mort.

— Justement, c'est qu'elle n'est pas morte. Je veux dire, pas encore...

— Quoi ? ! ! ! explosa Passoveur en se jetant sur Ramier, vous dites qu'elle n'est pas morte ! Où est-elle ?

— Je ne sais pas, calmez-vous, c'est une question de minutes...

— Non, non ! Annulez tout ! Il ne faut plus ! Je veux plus, c'est une erreur, ah, ah, ah !

Ramier ne comprit pas. Passoveur riait comme un fou, il était plié en deux, hilare bossu, il étreignit Ramier, le relâcha, s'effondra sur le lit, riant toujours. Passoveur n'avait peut-être pas plus de suite dans les idées que sa belle-fille, mais pour Ramier, ça n'était pas une explication suffisante. Il était à cinq cents kilomètres de chez lui, fatigué, pas rasé, sale, porteur de la valise d'un mort, il ne voulait pas rire, lui, il avait vu les pieds du mort, il avait encore un pansement au bras, il ne savait pas où était Lucinda. Cette chambre puait la cigarette froide et le sperme vicié et toute la merde du monde, et il avait dans la valise de quoi aérer le crâne de ce pantin tordu de rire au milieu de poupées mutilées.

— Alors pourquoi tout ça ? demanda-t-il fermement.

— Une erreur, je vous dis, qu'est-ce que ça peut vous foutre ! Vous n'êtes pas payé pour penser ! Mais je vais vous payer quand même, vous aurez l'argent, tout !

— Je ne veux pas l'argent, je veux savoir, articula Ramier en fixant Passoveur.

Passoveur hoqueta encore un peu et cessa de rire. Il dévisagea Ramier, qu'est-ce que ça peut lui foutre à ce con ? Ramier ne riait pas.

— Je vous dis que je vous paierai, on peut y aller maintenant, si vous voulez. Où est Lucinda, alors ?

— Je ne sais pas, et je vous ai dit que je ne voulais pas d'argent. Je gagne quatre mille cinq cents francs par mois pour enseigner des fadaises à de futurs chômeurs, ça me suffit, je viens de faire cinq cents kilomètres alors que je n'ai pas dormi de la nuit, j'ai vu une fille se faire poursuivre par un tueur à gages et les pieds d'un Belge mort, je ne suis pas venu ici pour vous entendre ricaner ni me promettre quoi que ce soit.

Il avait ouvert délicatement la valise et tenait à présent le flingue dans sa main droite, ça lui semblait vraiment très lourd un tel engin, et il se sentait plutôt maladroit, mais Passoveur resta bouche bée.

— Vous n'allez pas tirer ? Pourquoi ? Je n'ai rien fait, vraiment rien fait..., balbutia-t-il.

— Janet Jenkins, vous connaissez ?

— Non !

— Ne criez pas. Vous allez mourir et personne ne pourra m'accuser de ce meurtre parce que ça sera un suicide. Nous allons sortir et nous prendrons votre voiture, puis nous irons jusqu'au Grand-Mont, vous voyez, je connais l'histoire, et vous vous jetterez sur les rochers. Sympathique ?... Vous ne riez plus ?...

Ramier savait-il ce qu'il disait ?

Là dans la chambre, à bout de nerfs et de résistance, il aurait pu appuyer sur la détente, mais à l'air libre, au soleil, il savait sans doute lui-même qu'il ne pourrait jamais, il baissa le pistolet. Passoveur le regarda. Ils ne valaient pas mieux l'un que l'autre.

— Vous voulez savoir ? dit Passoveur, mais de quel droit vous fouillez dans les histoires des gens ? Vous êtes curé ? journaliste ? Qui vous connaissez ? Personne ! Lucinda, sans doute ? Vous croyez la connaître, vous croyez peut-être l'aimer, même, pauvre con ! Elle vous a passé l'éponge dans le dos dans la salle de bains ? Elle vous a sucé les oreilles ? Vous savez qu'elle a une petite verrue sous un orteil ? Non ! Vous savez rien !

— Je m'en fous, dit Ramier, et c'était pas vrai du tout.

— Je n'ai jamais fait de mal à personne, soupira Passoveur, certains faits peuvent se retourner contre moi, d'accord, je n'ai jamais su inspirer confiance... Même ma fille, vous vouliez savoir n'est-ce pas ? même ma fille a cru que j'étais un criminel... Même ma fille, ma vraie fille, me hait au point de me faire chanter, elle voulait vingt briques pour les foutre à l'égout, se payer des sucettes, partir autour du monde en moto !

Passoveur ne mentait pas vraiment. C'était vrai que

Ludivine détestait son père. Elle se souvenait du manège entre Jacques et Lucinda, elle avait surpris des bisous, des frôlements, des conversations. Elle était encore toute gamine, mais jamais elle ne l'oublierait. Elle n'était pas sûre, pour la mort du fiancé de Lucinda, mais elle savait qu'il y avait eu un doute, trop vite dissipé, elle voulait faire mal à son père, pour avoir été négligée puis couvée uniquement comme un lot de consolation. Alors elle avait décidé d'envoyer une lettre anonyme, c'était un jeu, et si jamais ça mordait à l'hameçon, elle pourrait partir autour du monde, elle aurait une belle dot à sa majorité. Sandrine était dans le coup, c'était elle qui postait les lettres de Paris quand elle allait voir son père, le week-end. C'était aussi Sandrine qui écrivait, pour que Passoveur ne puisse pas reconnaître l'écriture. Elle s'entraînait en classe, à trouver les plus chouettes insultes, et vendredi dernier elle avait été surprise par un professeur.

— Sandrine, apporte-moi ce papier !

— C'est rien, c'est rien...

Le professeur avait été obligé d'arracher le papier des mains de la gosse en larmes. Ludivine était à Saint-Gildas. Sandrine avait été convoquée chez le principal. Elle avait fini par avouer.

À son retour de Saint-Gildas, Passoveur avait été invité à se rendre au collège. Il avait vu le mot, la même écriture, et les accusations contre Ludivine. Il avait souri devant le principal, une plaisanterie de gosses, vous me dérangez pour rien. Il n'avait pas même privé Ludivine de dessert, il ne lui avait rien dit, il ne pourrait jamais plus rien lui dire, il attendrait qu'elle grandisse comme un fruit verreux, pourri, et qu'elle s'en aille, elle aussi. Il était rentré à l'appartement et s'était allongé dans l'ancienne chambre de Lucinda, le soir, il avait téléphoné à l'hôtel des Rois Nègres à Paris, mais M. Hermann n'était pas là, il ne fallait plus que Lucinda meure, c'était trop con, alors il s'était recouché dans la chambre au milieu des poupées, il arrachait les cheveux, il ne vivait plus, il ne voulait pas rencontrer le regard de Ludivine, il fallait l'envoyer en colonie, ailleurs, n'importe où, Ludivine non plus ne parlait plus, seule Geneviève pérorait devant sa glace en essayant ses robes d'été.

— ... et vous croyez que c'est vraiment la peine de me tuer un peu plus ?

— Je... c'est mon problème...

Ramier leva le Lathi et le dirigea vers la poitrine de Passoveur. Ça ne rimait à rien de tuer ce pauvre type pourri jusqu'aux os. Mais c'était pour en finir, pour partir, il aurait aussi bien pu retourner l'arme contre lui-même et en finir une bonne fois, il était trop las, ce flingue était trop con, pas à sa mesure, il visa une poupée entre les deux yeux et le téléphone sonna, il attendit, Geneviève parlait, sa voix se perdait dans les couloirs jusqu'à cette chambre où les deux hommes n'osaient plus bouger, plus parler, comme deux inconnus dans la salle d'attente d'un médecin fabuleux qui pourrait recoller les morceaux d'une vie brisée ou soigner les âmes cancéreuses.

Et la porte s'ouvrit. C'était Geneviève :

— Il est arrivé quelque chose à Lucinda !

Geneviève était en larmes. Des larmes acides qui creusaient sur son visage des sillons qu'aucun institut de beauté ne pourrait plus colmater. Elle secouait la tête sans pouvoir continuer.

— Parle, bon Dieu ! rugit son époux en bondissant sur elle.

Jean-Claude aussi s'était tourné vers elle, le bras droit pendant le long du corps, il lâcha le flingue qui fit un bruit sourd sur la moquette. Jean-Claude était hébété. Cette femme parlait-elle de la même Lucinda ? N'y avait-il pas deux, trois, des dizaines de Lucinda ? Comme ces poupées chauves sur le sol. Trois cent soixante-cinq Lucinda par an. Multipliées par le nombre de gens qu'elles connaissaient. N'y en avait-il pas une à l'heure même assise à une terrasse, place Pigalle, avec un jeune professeur trop naïf ? Hi, hi ! Jean-Claude hoqueta.

— Elle est tombée du train..., pleura Geneviève.

— Du train ? Quel train ? Où ? Où est-elle ? Parle !

— Elle est là, à Vannes, à l'hôpital... Ils l'ont retrouvée le long des rails...

— Elle est morte, hein ? Dis-moi qu'elle est pas morte !

— Non, je sais pas, ils veulent rien dire... On ne m'a jamais rien dit...

Ramier crut que Passoveur allait frapper sa femme, il leva les mains et serra les poings, puis il sortit comme un fou. Geneviève balbutia une prière de carpe en tendant les mains vers lui, ne pars pas sans moi, mais Geneviève n'existait pas, elle n'avait pas de consistance, elle n'était que ce visage vieillissant qu'elle rencontrait, plaignait et caressait sur le miroir à diverses heures de la journée.

Jean-Claude la contourna comme une statue au socle fragile, et il sortit, sans le Lathi finlandais qui tirerait une autre fois son 16 mm Parabellum, sans la valise, sans conviction.

Une fois dehors, il fut assailli par la lumière et la chaleur. Il s'épongea le front avec son bandage, le bandage du Belge, il regarda son bras comme une momie accrochée là à son épaule. Il entra dans un café, commanda une bière, et demanda quand même où se trouvait l'hôpital.

## CHAPITRE QUATORZIÈME

Pas de free-taxe. On ne sait pas non plus son heure de départ ni son exacte destination. Et les petits chariots poussés dans les couloirs aseptisés ne transportent pas des bagages bourrés de robes légères et de cadeaux du bout du monde, mais des médicaments, des tubes, des seringues et des pansements. Mais c'est clair, net, c'est quand même Orly, Roissy, Heathrow, la même barrière entre ceux qui partent et ceux qui restent.

Certains reviendront, ceux-là, on les attendra avec des mots familiers pour moins de dépaysement, ils auront troqué pour des vêtements de ville leur pyjama, leur robe de chambre et leurs savates qu'il traînent dans le hall en fumant des cigarettes ou en observant les autos dans la cour comme des promesses d'évasion.

Mais ceux qui font vraiment le voyage, ceux-là, il n'y a plus de mots pour eux, plus de langage. Ils parlent déjà dans une autre langue, ils ont tout désappris des secrets et des connivences qu'ils avaient pu avoir, ils ont des tuyaux dans le nez, des seringues dans les bras, des tubes dans le nombril, pathétiques émigrés dans un no man's land mal défini entre les vivants et les autres, ils sont la mort dans son zoo moderne, derrière les grilles indéchiffrables, et les spectateurs effrayés, maladroits jettent des illustrés, des douceurs et des mensonges, ça a l'air d'aller mieux.

Certains ont prévu des fleurs, des glaïeuls vainqueur d'étape et c'est le moins qu'on puisse faire pour le col du fémur ou la descente d'organes, Jean-Claude n'avait pas de fleurs, il a cherché la réception, demandé à l'hôtesse la chambre de Lucinda Koch, la fille tombée du train, numéro 314, Lucinda était donc le 314... Son dossard ? Son numéro de vol ?... Jean-Claude a pris un vaste ascenseur très lent, avec deux infirmières martiniquaises qui portaient des bocaux, un vieillard d'une cinquantaine d'années qui s'époumonait, et une petite fille cramponnée aux mains trop fraîches de ses parents. Il a marché dans un rêve blanc cultivé in vitro, devinant derrière chaque porte des vieillards-éprouvettes, des momies, des scaphandriers branchés sur transfo, un jeune interne en blouse blanche est sorti du 314, Jean-Claude ne s'est pas senti autorisé à entrer. Il est resté sur le pas de la porte, une infirmière l'a bousculé, restez pas dans le passage, il voyait un coin de chambre dans la lumière, c'était une chambre individuelle et impersonnelle bien que ça soit difficilement compatible.

Il entendit la voix de Passoveur et il a fait un pas en avant, l'infirmière est sortie et il a vu Lucinda sur le lit, inerte, les cheveux sous sa tête et les yeux clos, Passoveur lui baisait les yeux, lui caressait les cheveux, mais elle ne bougeait pas plus que les poupées sur la moquette, dans son ancienne chambre, Passoveur avait les yeux pleins de larmes, et il souriait, tout sera bien, tu es revenue, je savais que tu reviendrais, tu verras comme nous serons bien, j'ai beaucoup d'argent, je t'achèterai des robes, les plus belles, et j'irai après le travail ramasser des coquillages pour ta collection, et il enfouissait son visage dans les cheveux noirs, il ne faisait pas attention à Jean-Claude, tu resteras toujours à la maison, tu ne partiras plus, il n'y aura plus que nous deux, alors Jean-Claude est sorti de la chambre, il a surpris un conciliabule d'internes, d'infirmières et de médecins.

— Alors ?

— C'est dur de savoir, il faut l'emmener aux urgences tout de suite, la salle est bientôt libérée.

— Elle a eu de la chance de s'en tirer.

— Vous appelez ça de la chance ?

— Elle vivra, non ?

— Peut-être, oui, je pense.

— Elle a la colonne en miettes, plus un traumatisme crânien qui n'a pas l'air coton.

— Comment ça s'est passé ?

— Elle a dû se tromper de porte, elle est tombée du train entre Questembert et Vannes, c'est des cheminots qui l'ont trouvée, une heure plus tard et elle était morte.

— Elle s'est peut-être suicidée ?

— Peut-être...

— On n'a pas pu la pousser, quand même ?

— Tout est possible, mais qu'importe, c'est pas notre boulot, ça.

— Je sais, notre boulot ça va être de réussir à la plier en quatre pour la faire asseoir dans une petite chaise...

— C'est déjà pas si mal... on ne peut rien espérer de mieux.

— Elle est très jeune, ça en fera des années dans une chaise...

— À moins qu'on en fasse un légume, on sait pas ce qu'elle a au cerveau, si il est bien irrigué, elle est prête cette salle d'op', oui ou merde !

— Qui opère ?

— C'est vous, Rozenberg, j'ai déjà fais deux trauma crâniens ce matin, je tiens plus debout.

— Vous êtes de la famille ?

— Non, dit Jean-Claude, non, je suis venu voir quelqu'un d'autre, je me suis trompé...

Il s'éloigna dans le couloir. Il imagina Passoveur poussant Lucinda dans sa chaise, lui expliquant combien il était gentil avec elle, la maquillant, la déguisant comme une poupée, Passoveur derrière la chaise, surplombant la masse de ses cheveux noirs, et conservant au coffre les cheveux coupés pour la trépanation, Jean-Claude ne voulait pas pousser le fauteuil roulant, ni surveiller le légume, il n'avait pas l'âme d'une dame de compagnie ni les goûts d'un végétarien. Il n'avait goût à rien. Ni aux cheveux noirs, ni aux aventures, ni au mariage, ni même à la grammaire.

Il ne s'accordait plus ni en genre ni en nombre avec ses antécédents.

Le train a pénétré la moiteur de la ville comme une pute obèse et lasse qui attend que ça se passe. Il a buté contre Montparnasse et a craché ses voyageurs sur le quai. Ramier s'est laissé porter par le flot. Il a compris qu'il était deux yeux dans ce bouillon en pourriture écumante. Il a laissé la foule absorber son corps, la foule savait sucer les morsures, pour extirper le venin, Ramier avait moins mal au bras.

Des couples se reformaient derrière les guichets, on cherchait un taxi, une correspondance. Ramier suivit un groupe, une file, jusqu'au dehors, comme à un enterrement, le pas lourd, le visage défait, et la nuit avait déjà accroché un drap noir aux premières étoiles. Tout toc et strass, plastique. Il n'avait pas de condoléances pour tous ces gens couchés sous les toits noirs, catafalques flanqués contre le ciel en deuil, non, il n'avait rien à dire, il a allumé une cigarette, il a entendu une musique d'été qui lui venait par bouffées d'un café tout proche. Il a pensé à Lucinda sur sa table d'opération, dans sa chaise roulante, peut-être morte, non, il se trompait. Parce qu'il a croisé une jeune fille au fond des yeux et c'est vrai qu'elle souriait.

Alors il est rentré chez lui et la fatigue l'a anesthésié.

C'est le carillon de la porte qui l'a réveillé, le lendemain, vers midi.

C'était un télégraphiste.

Jean-Claude entrebâilla la porte. Il ne tenait pas à laisser voir à l'employé des PTT ni à quiconque comment Panzer avait modifié l'esthétique du salon.

Il prit le télégramme et l'ouvrit. Juliette. Elle s'inquiétait, et belle-maman aussi. Et Colin, qui comprenait rien. Et bisou.

Et voilà. Juliette se tracassait. Où était-il, pourquoi le téléphone ne marchait-il plus ? Est-ce qu'il mangeait bien ? Pas de plats en sauce, surtout, par ce temps, et avec son foie fragile. Et avait-il encore des chemises propres et repassées ?

Jean-Claude contempla son salon. C'est ce qui l'emmerdait le plus. Il courut vers son porte-documents, tout y était, ses livres et ses fiches, et les règles de grammaire n'avaient pas été changées. C'était déjà ça.

Il s'habilla rapidement et sortit prendre un café en bas. Il avait toute une journée devant lui, ça l'ennuyait d'avoir à la remplir. Il ne pouvait quand même pas se recoucher, sous peine de ne pas dormir cette nuit. Alors il a pris le Bottin et il a cherché Soucotte, et Virgile a dit oui, d'accord, à vingt heures au bar du Chômage.

Ça ne remplissait pas l'après-midi de Ramier. Il sortit le télégramme de Juliette et compta le nombre de mots. Elle n'avait pas regardé à la dépense, signe d'une réelle inquiétude. Alors Jean-Claude est remonté chez lui et il s'est rasé. Il a pris une bonne douche et a enfilé des vêtements propres, une chemise si blanche, grâce à cette nouvelle lessive, et une nouvelle cravate, ça le changeait, il a nourri le cuir de ses souliers pour le voir respirer plus profondément, et il est sorti comme s'il allait au boulot ou au bobinard. Cadres moyens, petits profs, puceaux en goguette et candidats des jeux télévisés, c'est toujours même coupe de cheveux, même élégance humblement laide, même idéal caméléon, il manque toujours la main de maman dans les cheveux pour vaincre cet épi, l'attention de bobonne pour redresser ce nœud de cravate, même en bottines anglaises, ils ont l'air d'être en pantoufles, mais ils s'en foutent, ou ils en sont fiers, car ils sont la norme.

Jeune étudiant besogneux, Jean-Claude les voulait, la R5, la bobonne et le costard trois boutons, il en rêvait au Luxembourg, alors sachant bobonne bichant en R5 en

Normandie, il retourna au Luxembourg faire son rêve à l'envers, comme s'il pouvait le détricoter comme un chandail mal foutu.

Il ne s'est pas assis près du grand bassin. Il s'est enfoui sous les arbres, pas loin des tennis, il s'est assis sur un banc pour regarder passer les gens, les sylphides trottinantes et les satyreaux maghrébins, les vieux joueurs de pétanque et les gosses du mercredi.

Les gosses ont des jeux que ne comprennent pas les grandes personnes parce que ça n'est pas vrai, que les grandes personnes sont des anciens enfants. Ce sont plutôt des gens qui ont changé de pays ou de religion, des accidentés amnésiques qui s'inventent un passé qu'ils n'ont jamais vécu. Le petit dictateur de douze ans en avait marre de taper dans un ballon, le ballon était trop docile alors il mandata un chef sioux du même âge pour malmener une fillette en robe à smocks. C'était plus amusant, ça. Le chef sioux fondit sur la petite fille qui lâcha sa poupée et s'enfuit à toutes jambes en poussant des cris. Ramier souriait parce que la petite fille avait des jambes trop maigres qui n'allaient pas assez vite pour échapper au chef sioux. Et la petite fille est tombée, elle s'est écorché les genoux et s'est mise à pleurer. Elle était à plat ventre au beau milieu de l'allée, sur les graviers, alors Ramier s'est levé et il a pris la petite fille dans ses bras, il l'a aidée à se relever, ça n'était pas grand-chose, elle pleurait surtout à cause de sa poupée qu'elle avait laissée. Ramier ne savait pas les mots qui consolent les enfants, il croyait bien faire, mais la petite fille a redoublé de larmes et de cris et il a été très gêné parce qu'il y avait du passage. Il tenait la fillette trop serrée, c'était suspect, mais elle s'est dégagée et a couru vers le premier garçon parce que c'était son frère, et que Ramier n'avait rien compris. Les enfants ont regardé Ramier d'un œil noir parce que les grandes personnes se croient tout permis. Et le plus audacieux a sorti un pistolet en plastique et a tiré sur Ramier qui a reçu la flèche à ventouse sur le front. Il est retourné s'asseoir sur son banc, avec la flèche comme une corne, triste licorne en costume trois boutons. Il n'osait pas l'enlever.

C'est vrai que cette corne lui seyait à merveille. Il n'y a pas touché, il est parti avec, entre les arbres, sous des regards narquois qui lui faisaient du bien.

Il ne l'avait plus, la flèche, le soir au bar du Chômage. Juste une petite rougeur sur le front. Virgile ne savait pas que Jean-Claude en sentait encore la brûlure. Virgile ne parlait que de lui. Il voulait fourguer ses baskets et son skate, ses draps en soie et ses rêves en chewing-gum. Il voulait partir en Inde, en Afrique, à la campagne, n'importe où, chez les trappistes ou dans la Légion. Rien n'allait plus. Et toi ?

— Moi ? Eh bien je vais reprendre un autre verre...

Et un autre. Et encore. Ils ont fini dans un bar-tabac de Saint-Germain-des-Prés. Ramier bavait un peu, à cause de sa dent. Virgile lui conseilla un vieux truc, on colle un chewing-gum à la place, c'est provisoire, bien sûr, système D, mais ça dépanne. Ramier opta pour une dent à la chlorophylle.

Ils étaient vautrés sur une banquette du fond, à minuit passé, et ils s'en foutaient pas mal, des clins d'œil intempestifs de leurs petites voisines. Qu'elles éclusent leur lait-fraise et aillent se rafraîchir le cul ailleurs.

Virgile vit entrer Marquis. Il sortait flapi du Pinky

Musette où il s'était donné à fond. Virgile glissa sous la table. Il ne tenait pas à avoir du rouge à lèvres sur l'oreille.

Marquis descendit aux chiottes. Virgile voulait racheter le complet veston de Ramier, contre deux T-shirts amerloques et son album de Tarzan.

— Non, pas Tarzan, refusa Ramier catégorique.

Il ne voulut rien savoir. Pas Tarzan. Et garder son costume, encore un peu, on ne sait jamais, Ramier ne croyait plus à rien. Ni aux livres, ni à la météo. La neige pouvait encore tomber avant l'été. Il n'a pas cru que cet homme qui était entré était le même que celui qui lui avait planté un couteau dans le bras. L'homme était bien habillé, sans fantaisie, mais proprement, il a levé le doigt pour haranguer la foule. Quand il a ouvert la bouche, le néon du bar s'est reflété dans une dent en or manifestement neuve. Morvan Lespinguen parla longuement en termes choisis pour dénoncer l'abus du tabac et de l'alcool. Il condamna fermement la violence. L'homme ne devait plus être un loup pour l'homme. Il distribua des brochures et ni Virgile ni Ramier ne manquèrent d'en acheter. Morvan récolta bien quelques billets de dix francs, alors il désigna d'un doigt sélectif les deux minettes au lait-fraise et les entraîna hors de ce lieu de perdition. Virgile trouva que la plus mince ressemblait à Lola Stern. Mais Morvan prit l'une et l'autre par le bras, leur flatta aimablement la croupe, et sortit dignement entre Urbi et Orbi.

— Qu'est-ce que tu comptes faire ? demanda Ramier.

— Moi ? Rien, non, rien, retourner me coucher, et toi ?

— Eh bien, il reste encore une semaine d'école.

C'est peut-être assez pour expliquer à mes élèves que leur Zorro est un rien pédé, que Kung-fu n'officie que sur rendez-vous, première séance à quatorze heures, que Tarzan surveille son angine de poitrine... Je leur conseillerai plutôt l'histoire de ce type, là, au comptoir, tu vois, il a bu sa bière d'un trait, il s'est épongé le front avec un Kleenex, il est déjà sorti, dans deux minutes il sera chez lui. Demande-lui alors quelle musique jouait le juke-box, quels visages il a rencontrés dans cet endroit banal. Il ne saura te dire. Il n'a vu ni loups ni chacals, la jungle c'est à Thoiry. Il n'a vu ici que moutons blancs, plein de moutons, des moutons qui passeront encore derrière ses paupières closes, jusqu'au sommeil... Il ne verra jamais rien d'autre... des moutons il verra, c'est tout... Dis-moi, Virgile, j'ai encore une marque rouge sur le front ?

— Non, rien.

## DU MÊME AUTEUR

*Aux Éditions Gallimard*
*Dans la collection Série Noire*

MARDI-GRIS, 1978

NADINE MOUQUE, 1995

LA REVANCHE DE LA COLLINE, 1996

VINYLE ROUDELLE NE FAIT PAS LE PRINTEMPS, 1996

*Aux Éditions Fayard*

BANQUISE, 1981

*Aux Éditions Baleine*

OUARZAZATE ET MOURIR, 1996

# SÉRIE NOIRE

*Dernières parutions :*

| | | |
|---|---|---|
| 2211. | — DU PLOMB DANS LA TÊTE | *James N. Frey* |
| 2212. | — SCOOP TOUJOURS ! | *Keith Peterson* |
| 2213. | — BALLES DE CHARITÉ | *Gérard Delteil* |
| 2214. | — ON S'ÉCLATE ? | *Loren D. Estleman* |
| 2215. | — LA NUIT DU SOUVENIR | *Joseph Bialot* |
| 2216. | — J'AIME LE MAUDIT ! | *Peter Lacey* |
| 2217. | — UNE CAROTTE POUR LE BAUDET | *Les Roberts* |
| 2218. | — TROIS CARRÉS ROUGES SUR FOND NOIR. | *Tonino Benacquista* |
| 2219. | — SANG POUR SANG | *Richard Martin Stern* |
| 2220. | — VENDETTA EN VENDÉE | *Jacques Syreigeol* |
| 2221. | — LA CHASSE AUX MARMOTS | *Richard Harper* |
| 2222. | — LE SABRE ET LE VIRUS | *J. A. Jance* |
| 2223. | — LE POIDS DES MORTS ! | *Stuart M. Kaminsky* |
| 2224. | — PAS DE QUARTIER ! | *James E. Martin* |
| 2225. | — ROMPEZ LA GLACE | *Les Roberts* |
| 2226. | — MERCENAIRE À TOUT FAIRE | *Ted Wood* |
| 2227. | — LA MAFIA NE PASSERA PAS | *Max Allan Collins* |
| 2228. | — LE POKER MORTEL | *A. W. Gray* |
| 2229. | — LA SOUTANE EN PLOMB | *Loren D. Estleman* |
| 2230. | — GARE AUX TONTONS TUEURS ! | *J. P. Hailey* |
| 2231. | — LA DOULEUR DES MORTS | *Hervé Le Corre* |
| 2232. | — REQUINS D'EAU TROUBLE | *Robert Campbell* |
| 2233. | — LE RETOUR DE PERRY MASON | *Thomas Chastain* |
| 2234. | — LE FAUBOURG DU CRIME | *Marx Richard Zubro* |
| 2235. | — LE PIÈGE AU JARDINET | *Marie & Joseph* |
| 2236. | — LE PARADIS DES POULETTES | *Marvin Albert* |
| 2237. | — LA COURSE AU SAC | *Max Allan Collins* |
| 2238. | — LA RUE DES MAUVAIS ANGES | *Gerald Petievich* |
| 2239. | — LE ROYAL BOUGNAT | *Joseph Bialot* |
| 2240. | — À CLAQUER DES DENTS | *Marcia Muller* |
| 2241. | — NUIT APACHE | *Patrick Mosconi* |
| 2242. | — UNE MORT DANS LE DJEBEL | *Jacques Syreigeol* |
| 2243. | — AU PLUS NOIR DE L'HIVER | *Michael Allegretto* |
| 2244. | — PAS TOUCHE AUX PAPOUS ! | *Riall W. Nolan* |
| 2245. | — DRÔLES DE COUPS DE CANIF | *Lawrence Block* |
| 2246. | — LA TRAQUE AUX FANTÔMES | *Martin Blank* |
| 2247. | — L'HOMME AU MÉGOT | *François Joly* |
| 2248. | — TA LANGUE AU CHAT ? | *Karen Kijewski* |
| 2249. | — VOUS PARLEZ D'UNE PAROISSE ! | *Hillary Waugh* |
| 2250. | — UN TÉMOIN HORS DE PRIX | *Jeffrey Ashford* |

2295. — FAUSSE BALLE .................... *Paul Benjamin*
2296. — VALDEZ EST ARRIVÉ ! ............. *Elmore Leonard*
2297. — NEC ........................ *Daniel Picouly*
2298. — ARIZONA KISS .................. *Ray Ring*
2299. — LES RUES DE FEU ................ *Thomas H. Cook*
2300. — TOUT FOUT LE CAMP .............. *Bill Pronzini*
2301. — UN DÉMON AU PARADIS ............ *Marvin Albert*
2302. — COMME DE LA PESTE .............. *Pierre Léon*
2303. — UN TROP PLEIN DE CIEL ........... *Robert Sims Reid*
2304. — LA REINE D'AMÉRIQUE ............. *Russell H. Greenan*
2305. — LE MAL DU DOUBLE-BANG .......... *Laurent Fétis*
2306. — AU COCHON AVEUGLE .............. *Jon A. Jackson*
2307. — PORTRAIT DE FAMILLE ............. *James Colbert*
2308. — CAVALE ...................... *Eva David*
2309. — SUR LA LIGNE BLANCHE ............ *José-Louis Bocquet*
2310. — UNE DANSE AUX ABATTOIRS ......... *Lawrence Block*
2311. — LE SYNDROME DU VOLCAN .......... *Gérard Lecas*
2312. — IMPLANTS D'ENFER ............... *Tony Kenrick*
2313. — LES ORPAILLEURS ............... *Thierry Jonquet*
2314. — VICKI ....................... *Steve Fisher*
2315. — UNE POIRE POUR LA SOIF .......... *James Ross*
2316. — LA PORTE DE DERRIÈRE ........... *Marc Villard*
2317. — GAME OVER .................... *Freddie Lafargue*
2318. — FOLIES DOUCES ................. *Richard Matas*
2319. — VOMITO NEGRO .................. *Jean-Gérard Imbar*
2320. — LES HABITS D'OMBRE ............. *Cesare Battisti*
2321. — CUPIDE ...................... *Robert Sims Reid*
2322. — LE COUP DU GITAN ............... *Gustave Harford*
2323. — SWEETWATER RANCH .............. *Geoffrey Norman*
2324. — UNE PAIRE DE DEUX .............. *Robert B. Parker*
2325. — ÉTATS DE LAME ................. *Pascale Fonteneau*
2326. — LA SIRÈNE ROUGE ............... *Maurice G. Dantec*
2327. — DU SABLE DANS LA BOUCHE ......... *Hervé Le Corre*
2328. — CHIEN-FROID .................. *Laurent Fétis*
2329. — LA PROIE DE L'ARAIGNÉE .......... *Robert Bloch*
2330. — SANGLANTES CONFIDENCES .......... *John Gregory Dunne*
2331. — IL Y A DES JOURS COMME ÇA ........ *Jack Ritchie*
2332. — L'ENFANT DE CŒUR ............... *Olivier Thiébaut*
2333. — MANUEL DES PERDANTS ............ *Juan Sasturain*
2334. — LE VENT DES FOUS ............... *Franck Pavloff*
2335. — PAS DE KADDISH POUR SYLBERSTEIN .... *Konop*
2336. — TRUANDS AND CO ................ *Donald Goines*
2337. — LE CHIEN QUI CHANTE ............. *James McClure*
2338. — UNE VALSE AU TEXAS ............. *Max Crawford*
2339. — LE JEU DU PETIT POUCET .......... *Jacques Mondoloni*

2340. — CORVETTE DE NUIT. . . . . . . . . . . . . . . *Marc Villard*
2341. — LES CHAPACANS . . . . . . . . . . . . . . . . *Michèle Courbou*
2342. — L'ANGE ET LE RÉSERVOIR DE LIQUIDE À FREINS . . . . . . . . . . . . . . . . . . . . . . *Alix de Saint-André*
2343. — QUITTER KAT . . . . . . . . . . . . . . . . . *Karen Kijewski*
2344. — MEURTRES POUR DE VRAI . . . . . . . . . . *Marc Gerald*
2345. — TIR À VUE . . . . . . . . . . . . . . . . . . *Serge Quadruppani*
2346. — LES LARMES DU CHEF . . . . . . . . . . . . *Daniel Picouly*
2347. — RETOUR DE BÂTON . . . . . . . . . . . . . . *A. B. Guthrie*
2348. — DERNIÈRE STATION AVANT JÉRUSALEM . . . . . . . . . . . . . . . . . . *Alain Demouzon*
2349. — POINT MORT . . . . . . . . . . . . . . . . . . *José-Louis Bocquet*
2350. — LES GUERRIERS DE L'ENFER. . . . . . . . . *Robert Stone*
2351. — MOURIR APRÈS LA GUERRE . . . . . . . . . *Max Allan Collins*
2352. — LA GRANDE MAGOUILLE DE 1944 . . . . . . *Andrew Bergman*
2353. — LE PENSEUR DE VALLORBE . . . . . . . . . *Eliane K. Arav*
2354. — LE PENDU D'HOLLYWOOD . . . . . . . . . . *Andrew Bergman*
2355. — ŒDIPE-ROI . . . . . . . . . . . . . . . . . .
2356. — TRÈS PRIVÉ . . . . . . . . . . . . . . . . . *Alexandre Valletti*
2357. — COUP DE CHAUD . . . . . . . . . . . . . . . *Philip Lee Williams*
2358. — LE PONT DE MOSCOU. . . . . . . . . . . . . *Pierre Léon*
2359. — LA FOIRE AUX SERPENTS . . . . . . . . . . *Harry Crews*
2360. — PROTHÈSE . . . . . . . . . . . . . . . . . . *Andreu Martin*
2361. — LA DANSE DE L'OURS . . . . . . . . . . . . *James Crumley*
2362. — VENDEURS DE MORT . . . . . . . . . . . . . *Donald Goines*
2363. — J'ÉPOUSERAI PLUTÔT LA MORT . . . . . . . *Frédéric Castaing*
2364. — LA VIE DE MA MÈRE ! . . . . . . . . . . . . *Thierry Jonquet*
2365. — GANGRAINE . . . . . . . . . . . . . . . . . . *Elizabeth Stromme*
2366. — HAMMETT . . . . . . . . . . . . . . . . . . . *Joe Gores*
2367. — PARCOURS FLÉCHÉ . . . . . . . . . . . . . . *Jean-Pierre Bastid*
2368. — CIRQUE À PICCADILLY . . . . . . . . . . . . *Don Winslow*
2369. — L'OMBRE ROUGE . . . . . . . . . . . . . . . *Cesare Battisti*
2370. — TOTAL KHÉOPS . . . . . . . . . . . . . . . . *Jean-Claude Izzo*
2371. — LA FACE CACHÉE DE LA LUNE . . . . . . . . *Georgui Vaïner et Leonid Slovine*
2372. — HISTOIRE DE LA FEMME QUI AVAIT ÉPOUSÉ UN OURS BRUN . . . . . . . . . . . . . . . . *John Straley*
2373. — PÉRICLÈS LE NOIR . . . . . . . . . . . . . . *Peppe Ferrandino*
2374. — LES FILS PERDUS DE SYLVIE DERIJKE . . . . *Pascale Fonteneau*
2375. — INNOCENT X. . . . . . . . . . . . . . . . . . *Laurent Fétis*
2376. — JE M'APPELLE REVIENS . . . . . . . . . . . *Alexandre Dumal*
2377. — RN 86 . . . . . . . . . . . . . . . . . . . . *Jean-Bernard Pouy*
2378. — LE MIROIR AUX ALLUMÉS . . . . . . . . . . *Jacques Humbert*
2379. — LES RACINES DU MAL . . . . . . . . . . . . *Maurice G. Dantec*
2380. — LE COCHON QUI FUME . . . . . . . . . . . . *James McClure*

2381. — LA PELOUZE . . . . . . . . . . . . . . . . . . . . *M. A. Pellerin*
2382. — UNE PETITE DOUCEUR MEURTRIÈRE . . . . . *Nadine Monfils*
2383. — LE PAYS DE DIEU . . . . . . . . . . . . . . . . *Ray Ring*
2384. — J'AI CONNU FERNANDO MOSQUITO . . . . . *Rique Queijão*
2385. — M'SIEUR . . . . . . . . . . . . . . . . . . . . *Alain Gagnol*
2386. — PIQUÉ SUR LA ROUGE . . . . . . . . . . . . *Gregorio Manzur*
2387. — COMME VOUS ET MOI . . . . . . . . . . . . *Seymour Shubin*
2388. — MARILYN LA DINGUE . . . . . . . . . . . . *Jerome Charyn*
2389. — ZYEUX-BLEUS . . . . . . . . . . . . . . . . *Jerome Charyn*
2390. — KERMESSE À MANHATTAN . . . . . . . . . . *Jerome Charyn*
2391. — 1275 ÂMES . . . . . . . . . . . . . . . . . . *Jim Thompson*
2392. — N'Y METTEZ PAS LE DOIGT . . . . . . . . . *Christopher Wilkins*
2393. — LES TROTTOIRS DE BELGRANO . . . . . . . *Pierre-Alain Mesplède*
2394. — COMMENT JE ME SUIS NOYÉ . . . . . . . . . *Serge Quadruppani*
2395. — SURF CITY . . . . . . . . . . . . . . . . . . *Kem Nunn*
2396. — LE CHANTEUR DE GOSPEL . . . . . . . . . . *Harry Crews*
2397. — MÉMOIRE EN CAGE . . . . . . . . . . . . . *Thierry Jonquet*
2398. — MA CHÈRE BÉA . . . . . . . . . . . . . . . *Jean-Paul Nozière*
2399. — DAME QUI PIQUE . . . . . . . . . . . . . . *Craig Smith*
2400. — FREE . . . . . . . . . . . . . . . . . . . . . *Todd Komarnicki*
2401. — NADINE MOUQUE . . . . . . . . . . . . . . *Hervé Prudon*
2402. — LE SANG DU DRAGON . . . . . . . . . . . . *Christian Gernigon*
2403. — LE VOLEUR QUI AIMAIT MONDRIAN . . . . . *Lawrence Block*
2404. — DU SABLE DANS LES GODASSES . . . . . . . *Juan Sasturain*
2405. — CITÉS DE LA PEUR . . . . . . . . . . . . . *Collectif*
2406. — BÉNÉDICTION . . . . . . . . . . . . . . . . *Robert Sims Reid*
2407. — LA FENÊTRE OBSCURE . . . . . . . . . . . . *James Durham*
2408. — GROOTKA . . . . . . . . . . . . . . . . . . *Jon A. Jackson*
2409. — LE TRUC . . . . . . . . . . . . . . . . . . . *Mat Messager*
2410. — LES MORTES . . . . . . . . . . . . . . . . . *Jorge Ibargüengoitia*
2411. — LA REVANCHE DE LA COLLINE . . . . . . . *Hervé Prudon*
2412. — LA NUIT DE ST.- PAULI . . . . . . . . . . . *Frank Göhre*
2413. — AGENCE BLACK BAFOUSSA . . . . . . . . . *Achille F. Ngoye*
2414. — KARMANN BLUES . . . . . . . . . . . . . . *José-Louis Bocquet*
2415. — LOUBARD ET PÉCUCHET . . . . . . . . . . . *Michel Lebrun*
2416. — LE MIROIR DE BOUDDHA . . . . . . . . . . *Don Winslow*
2417. — LE TANGO DU MAL-AIMÉ . . . . . . . . . . *Sergio Sinay*
2418. — VINYLE RONDELLE NE FAIT PAS LE PRINTEMPS . . . . . . . . . . . . . . . . . . *Hervé Prudon*
2419. — L'EFFET TEQUILA . . . . . . . . . . . . . . *Rolo Diez*
2420. — TRAHISON FRATERNELLE . . . . . . . . . . *James Colbert*
2421. — LE MANGEUR D'ORCHIDÉES . . . . . . . . . *Marc Laidlaw*
2422. — CHOURMO . . . . . . . . . . . . . . . . . . *Jean-Claude Izzo*
2423. — HOMICIDE À BON MARCHÉ . . . . . . . . . *Alain Wagneur*
2424. — KATAPULT . . . . . . . . . . . . . . . . . . *Karen Kijewski*

*Cet ouvrage a été composé*
*par Nord Compo, Lille.*
*Reproduit et achevé d'imprimer sur Roto-Page*
*par l'Imprimerie Floch à Mayenne*
*le 17 avril 1997.*
*Dépôt légal : avril 1997.*
*Numéro d'imprimeur : 41350.*
ISBN 2-07-049422-5 / Imprimé en France.

67564